LOCUS

LOCUS

LOCUS

LOCUS

to

fiction

to 077

下一個天亮

作者：徐嘉澤
責任編輯：林盈志
美術設計：顏一立
校對：呂佳真
出版者：大塊文化出版股份有限公司
台北市10550南京東路四段25號11樓
www.locuspublishing.com
讀者服務專線：0800-006689
TEL：(02) 87123898　FAX：(02) 87123897
郵撥帳號：18955675　戶名：大塊文化出版股份有限公司
法律顧問：全理法律事務所董安丹律師

總經銷：大和書報圖書股份有限公司
地址：新北市24890新莊區五工五路2號
TEL：(02) 89902588　FAX：(02) 22901628

初版一刷：2012 年9月
定價：新台幣250元
ISBN：978 986 213 353 8
Printed in Taiwan

下一個天亮

徐嘉澤　著

他單薄的胸膛鼓脹如風爐
一顆心在高溫裏熔化
透明，流動，虛無

——楊牧，〈有人問我公理和正義的問題〉

下一個天亮

自返家的那天起，林呂春蘭的頭家就變了樣。像被人攝了魂留下空殼，任春蘭還有許多鄉人、鄰人、親人的話語在他身上浸濡，都無法改變頭家變成雕像般無感的事實。再沒人聽過頭家說過半句話，所有的話語都變成沒有意義的單音節，嗯！啊！喔！欸！連平常的夢話都不放過，頭家緊咬著牙齦，常常血都出來了，聲音卻不肯發出。大家都說頭家瘋了、卡到陰，要春蘭帶頭家去廟裡拜，又有人說：「現在神社被毀，廟宇無神，神都沒去處，所以才那麼多人都瘋了。」一人一句幫忙出主意，在那些外人的口語之中，春蘭的頭家跟廢人已經沒兩樣，趁著鎮民的語言還在慢胎成形、尚未成為既定事實之前，春蘭手裡牽著一個孩子，肚子懷著一個，又打包了一座逐漸成為雕像的頭家上車，舉家南遷。所有的家當被安置在搖晃的鐵車後，似乎就是她一生的證明了。

「這個時代……」春蘭想：「還能一家人聚在一起就好了。」

春蘭猶原記得十四歲那年，原本的生活開始改變，鎮裡有了變化，每人嘴裡說的、空氣中流動的，都是「瑪斯」和「黛絲」，語言像無形風流動得快，那些氣流曾經刺穿春蘭的耳，如今也貫穿嘴。沒想像中難，很快地，「瑪斯」和「黛絲」也成了她的朋友，阿爸和阿母雖然與「瑪斯」和「黛絲」生疏，但一起努力和他們相處熱絡，硬是和「瑪斯」、「黛絲」一起分享生活大小事。不久後，有人來家裡表揚，大門口前掛上獎牌成為鎮裡的模範家庭，阿爸和阿母的稱呼被「豆桑」和「卡桑」所取代，一家人飯桌前的熱鬧也在豆桑說完「伊他他基瑪斯」後被置換成安靜，一人一口扒著食物，似乎要把時間和著一起吃掉。

時間的確一點一點被吃掉，屬於她的名字也被咬得殘缺，春蘭成了「哈鹿口」，其他同輩的男男女女，有的變成「太漏醬」、「新醬」，有的是「奈奈口」、「愛口」，春蘭覺得他們彷彿被醃製在某個大醬缸中，發酵發酸著。而她或他／她們／他們更成了一群驚慌的小公鹿和小母鹿，在各路口恍恍迷行，每條岔路都導向一個未竟之地。春蘭感覺自己睡著，等待夢境醒來，可夢裡她的身高還是不斷拉長，年紀被迫像藤蔓生長，等到二十二歲那年，一個從醬缸爬出來的男人娶了她，她才開始有了現實感。時代還沒過去，她又被迫換了一個稱呼，像是蛇類蛻皮是必需的過程，她褪下「呂春蘭」成了「宮本春蘭」，再脫下一層後變成「小林春蘭」。

她喜歡這個名字，像小小神祕的林地裡，在春神眷顧下，茂密地長著許多蘭花。春蘭喜歡那個男人，賦予她一個那麼美可以搭配名字的姓，也給予了她簡單快樂的生活。男人在報社奮命，時局還在動盪，春蘭肚裡懷著第一胎。每日固定的打掃是殺掉時間最好的方式，而收音機像可靠的寵物，不吵鬧不發脾氣地陪她度過日復一日的生活。這一天，收音機傳來熟悉的〈雨夜

花〉前奏，她才剛要跟著唱，卻聽到陌生的詞：「赤い襷に、譽れの軍夫。うれし僕等は、日本の男。君に捧げた、男の命。何で惜しかろ、御国の為に。」

那晚男人甫回到家，春蘭急著將發現的新大陸告知，男人嘴裡哼起其他熟悉的旋律：「軍夫の妻よ、日本の女。花と散るなら、泣きはせぬ。おお，泣きはせぬ……」之後是另一首：「亜細亜に狂ふ凩も、いつしか止みて仰ぐ陽に、五色の旗も照り映えて、青空高くひるがへる……」

男人說著：「時局不好，我看差不多了，很多消息傳來……」春蘭看見男人眼眶似乎蒙著一層霧氣，隱晦說著：「戰局應該不樂觀，所以大舉募兵，〈月夜愁〉、〈望春風〉這些歌曲都被改成為了募兵用的日文歌。不要說這些歌了，報社從廢掉漢文版後，上面的人還是不滿意，聽說要跟其他報社合併成一間，方便管理。」

春蘭聽男人這麼說，或許這些年來，他們還是爬不出醬缸，像從這一缸被換到另一缸，更像還在尋找正確的路徑。「不過沒關係……」春蘭在心裡告訴自己，這只是一場漫長的夢，只要緊閉著眼就好，唯一要等待的，就是天亮。

後來的時局如男人所料，日本撤退，隨即來了另一票人，男人繼續窩在他的新聞醬缸裡浸泡，只不過報社名稱一換再換，好像不管誰主政都不滿意，一再地合併、更名來凸顯並確保每位上任者的權力沒有受到挑戰。春蘭和男人的生活沒有更好也沒更差，只是更小心翼翼。報社的薪資讓他們生活得過去，春蘭也不擔心，卡桑給她的嫁妝足夠讓他們過更好的生活，但男人還是執意生活上不能動到那筆錢。那時兒子平和已經出生，名字隨著政局從「小林平和」改為「林平和」，但真正的平和（為日文和平之意）卻還遲遲未到。

男人常常回到家還是怒氣沖沖：「憑什麼那些人比我們多拿一倍薪水？『國語』算什麼，これは『国語』だ。」

春蘭不善回答問題，那些問題總是把她困住，她沒辦法馬上判斷什麼才是對的或錯的，等到時間久一點，她想通可以回答的時候，似乎所有人又覺得那些都不重要了。不過春蘭試著去釐清，當她身高只到桌面之前，台語是她的「國語」；後來，父親告訴她，會說日本話才能有機會成為大和民族的子民；現在，又吹起另一陣風。男人雖然抱怨，但畢竟曾在日本和中國待過，這幾種語言都難不倒男人，她現在的「國語」也是男人教的。

春蘭不在乎還要面對多少「國語」，時間會教懂她所有該懂的。

男人報社內彷彿延續著未完的戰爭，男人和一些台籍人士編輯日文版面，另一些新編輯來自大陸負責中文版面，一邊是日文版一邊是中文版，一邊宣告著日本撤退後噩夢各地襲擊，一邊編織著台灣光復後美夢已到。兩方彼此拔河，而男人那方居處劣勢且節節敗退，最後戰場失去，報社收掉日文版，男人沒了舞台成了平凡人，沒有辦法繼續靠著筆東征西伐。春蘭知道男人有能力在報社待下去，但男人體內似乎蘊藏著被殖入的赤丹太陽，把自己燒成一隻紅鬥雞，不肯放棄那些無謂的堅持。

嫁雞隨雞，春蘭沒自己的意見，反正生活還是勉強可過。

男人變成雕像的前幾天，街坊傳來延平北路發生緝菸血案，男人按捺不住跟著一群人跑了出去，春蘭手裡抱著孩子，看男人的背影，消失在眾人踏起的煙塵裡。她知道男人只有一個去處，公理正義永遠是男人的歸處，家不是。春蘭跟著人群走，傳言早已在大街小巷流竄著，大家都說著隔天要集結去抗議。據說有一票人已經先去包圍報社，要報社照實報導，所有人像在準備祭典，敲鑼打鼓，只是臉上少了笑容，似乎更好的生活就要經過這一場抗爭到來。

手裡的孩子放聲大哭，春蘭也想跟著哭，心裡只想著如果男人不在了，她和孩子該怎麼樣？也不管孩子是否餓著肚子，一路直奔擠到報社前。人潮如蟻群把報社當成食物團團包圍，群眾大喊著：「公平正義！翔實報導！」

一個看起來不比男人大幾歲的人，站在報社前為難地舉著雙手，像安撫又像投降般說著：「我是報社副總編輯吳金鍊，各位，各位，不是我們不願意，而是新來的『上面』不願意。」

「你們報社之前那麼勇於批評揭露，為什麼現在就不願意替大家著想？」

「那群人想一手遮天，你們就跟著鑽地洞，假裝天不存在，這口氣叫我們怎麼嚥得下去？」

「現在狀況到底怎麼樣？你們說清楚。」

一人一句說著，突然某處冒出一聲：「這種報社留著沒用，放火燒掉算了。」

「放火燒！放火燒！放火燒！」此起彼落的言語成了定局，春蘭看所有的人都把自己燒起來，個個都打算衝進去建築物內一起共焚似的，報社的招牌已經被人聯手拆下，情勢看起來壓制不住。就在推擠時，從門內走出一名中年男子，聲音宏亮喊著：「諸位，我是社長李萬居，我了解了，看到大家那麼激憤，我們報社一定是站在民眾這一方，請大家稍安勿躁，明天的新聞如果諸位看了不滿意，再來報社前找我李萬居。各位鄉親父老辛苦了，看在我的面子上，先回去休息休息，我們還有很多硬仗要打。」

底下的群眾像是打了勝仗，歡呼鼓掌把氣氛炒到最高點，一群人一哄而散。李萬居先走進報社，春蘭看到男人走向台階同吳金鍊說話，春蘭大聲喊著男人的名字，往後退潮的群眾卻把她推得更遠。春蘭看見吳金鍊拍拍男人的肩，像是贊許，兩人一起進到報社。手上的孩子哭得更大聲，她低頭看，知道孩子定是餓了，往前不是，只好先退。退回到家，她把孩子抱在胸前，讓他吸吮著奶水，想著等會要怎麼跟男人開口自己肚裡又有了一個，怎麼把男人的心喚回家裡。

天色暗了下來，一旁的孩子已睡，桌上的飯菜也涼，男人還沒返家，春蘭等不到男人回來，自己先吃了點，留了飯菜在桌上。外面的世界再怎麼吵鬧，夜來了，總要學會安靜。

未天亮，春蘭被孩子的哭聲驚醒，替孩子換了尿布，床上另一旁還是空蕩蕩，男人未歸。孩子又安穩地睡著，春蘭躺回床上，翻來覆去，最後索性起身把桌上的飯菜當成早餐吃了，拿出掃把抹布，清潔過一輪。明明所有東西都清過，卻還是覺得不乾淨，幸好天也亮了，不然春蘭也不知道該怎麼打發剩下的時間。拿出布巾將孩子包覆在背上，微亮的路上已有作息的人，春蘭沒有跟誰說話只是一路趕著。還沒到報社，城裡已經開始賣起今天報紙，春蘭瞄了一眼，似乎報導著警察打傷查緝私菸的女攤販又誤殺路人，因而引發民眾抗爭要求找出兇手，而這一期報紙卻意外地以國語夾雜著日文發行。

到報社外，昨夜的燈火尚未滅，已經天亮卻還看得見屋內微微散出的昏黃燈光，春蘭撳了門鈴，一會有個黑色身影的人在門另一端，冷冷問著：「什麼事？」

「我找我丈夫。」春蘭報了男人名字。

對方遲疑了會，說著：「他之前已經被遣職，不在這工作了，嫂子妳回家等他吧！」

「這位大哥你行行好，我等他一整夜了，你讓我進去繞一圈，看看就好，不礙事的。」

「嫂子抱歉，這裡是報社，要找人還是去其他地方吧！」

「這位大哥，昨天我親眼見到他和你們副總編輯一起進報社，你現在卻跟我說他不在報社。」

「嫂子，就真的沒有。抱歉了，今天工作很忙，沒辦法好好招呼，妳趕快去其他地方找吧。」說完，屋後的身影就逐步縮小。

春蘭買了份報紙，背上的孩子還沒醒，城裡的人卻都醒透，幾個奔跑的人喊著要去遊行抗爭，幾乎人手一份報紙。昨天的事件引發了罷市罷工，所有人不約而同朝著某個方向去，春蘭看著一個個從不同住家裡冒出的人，像從地洞鑽出的螞蟻，自住處冒出又消失在巷弄裡。春蘭決定坐在台階等男人出來，或是等報社裡有人進出，她就要進去把男人帶回家。

幾個小時過去，兩三人驚慌地到報社前猛拍著門：「快快，大新聞……」

裡頭的人還沒出來，外頭的人繼續喊著：「公署衛兵開槍掃射，事情大條了。」

春蘭趕緊起身想趁機擠進報社，門一開那幾人就往內跑，一名高大男子擋在門邊將春蘭送了出去，嘴裡還是抱歉著：「嫂子，妳看這時機，整個報社都在忙，就當我求妳，趕快回家等吧。」

「你讓我……」

高大男子沒等春蘭說完就又把門關上，隔著門說：「大哥真的不在裡頭，就算真在裡頭，這個非常時期他會跟妳回去嗎？現在時局亂，先帶著孩子回家躲，不要到街上去了，妳剛剛也聽到，子彈不長眼的。」

春蘭聽了勸也放棄了，家不會長腿，男人想回家時就會回家的，更何況懷裡的孩子不能在外頭受整日風寒。隔天，再隔天，依舊沒有男人的身影，每日為男人留下的晚餐，都成了春蘭的早餐。春蘭唯一能做的就是打開收音機，還有去買份報紙，新聞和廣播描述群眾激憤地說要「打阿山」，這兩天反政府的群眾已經把整座城搞得像煮沸的開水。到了傍晚，春蘭總算看見男人拖著瘦了半圈的身軀回到晚餐桌前，春蘭很多話想問但又不知道該從何問起。男人自己先開口：「我回報社幫忙日文版面。」

春蘭還沒開口，男人繼續說：「這幾天事件越演越烈了，從抗議到罷工罷市，到有人開始發動『打阿山』、『打豬仔』，陳儀宣布戒嚴，局勢已經亂成一團。」

「我們還是走吧，我手邊還有我卡桑給的嫁妝，夠我們撐過去。」

「走去哪？日本？中國？到處都是戰爭妳知道嗎？去哪裡都一樣。」

「那就找個地方簡單生活，局面再亂，大部分的百姓還是一樣要過生活啊！」

「不要說了。我拿一些東西等會趕回報社，我兩天一定會回家一趟，沒回來，妳就好好把平和帶大吧。」

春蘭知道說再多也沒用，吃完飯，男人收拾東西，春蘭總算開口：「我肚子裡又有了。」

男人怔愣地停下動作，抱著春蘭說：「太好了。」

春蘭打從心底希望肚裡的孩子可以讓男人回心轉意，男人繼續說：「這孩子出世就叫起義吧，公理正義是這社會目前最重要的。」

春蘭知道男人怕自己回不來，便先替孩子命名，這名字是男人給孩子的禮物，是最初可能也是最後。

男人硬起心腸踏出家門，時間依舊往前追趕，隨著一天天過去，每當男人回來，春蘭聽到的故事就又比在報紙上讀到的多了更多。例如高雄鹽埕一帶聚集三四千人圍攻警局，甚至以高雄中學為武裝反抗總部，南北串連的系列行動把台灣的初春燒得像盛夏般悶熱。男人總是簡單地盥洗後就急忙出門，兩人能好好在餐桌前吃完一餐就是幸福。春蘭總在飯後把餐盤留著到隔天下午，似乎這樣做，幸福的假象就能維持久一點。

過了幾天，男人進門又出門，反常地，隔不了多久又返家。男人行色匆匆，一進屋就坐定，那是男人變成雕像的開始。春蘭叫他，他沒反應，找人來看診，誰都一樣束手無策。沒有人知道發生了什麼事，左鄰右舍都來瞧究竟，任憑春蘭哭喊，男人痴傻得無動於衷。

再後來聽人說，當天有黑頭車來報社將吳金鍊強行帶走，而後連總經理阮朝日都被人從病床上拖走，春蘭想男人能平安待在家裡，算是恩惠了。只是男人不再說話，動也不動地坐在家中，生活起居大小事都要春蘭一手包辦，連基本的吃飯上廁所都不會，任屎尿流滿褲，春蘭彷彿多了一個孩子。大家都說春蘭的頭家瘋了，看熱鬧的人也變多，春蘭賣了家私，打包一家行李僱了輛車，一路往南。時局那麼亂，起初沒人肯接這生意，春蘭多花一倍的價錢才找到車，循著地址到打狗湊町找男人的大姊幫忙，大姊隨即安頓春蘭一家在壽町生活。

春蘭買了幾塊田僱了長工，自己在家照顧平和還有男人，日子一天天過，肚子也跟著大，幾個月後起義加入這個家族。男人依舊，沒有更好也沒有更壞，連偶爾從北部來探視的姑姑都看不下去要春蘭改嫁，春蘭只淡淡搖頭。時間過得比春蘭想像快，原本到腰的樟樹都趕過屋簷，屋子有了庇蔭，平和與起義從地上爬到走跳，男人也願意起身走動，跟孩子一樣長大，不再需要她把屎把尿，只是男人還是整天坐在庭埕，似乎要把自己坐老。春蘭陪著男人一起老，但他們居住的地方卻越來越年輕，木造的屋子一一換成水泥，展現新的風貌，似乎這地景吸取所有人的青春而產生變化。

幾年過去，起義已經離家多年，平和多在外忙碌，春蘭的親戚也大都亡故，男人在政府宣布解嚴後，像是從被醃製多年的時光醬缸中爬了出來，常常伏案就著燈光使勁地寫，春蘭要看，男人就發了瘋地喊，喊到春蘭放棄為止。

春蘭也曾趁著男人睡著時翻找他寫的東西，卻怎麼也找不到，電話裡春蘭對平和說：「你阿爸開始寫字了。」

「怎麼可能？寫什麼？」

「不知道，那天新聞看完後就開始在家裡東翻西找，把日曆都撕了下來，塗塗寫寫的，我一靠近他就藏就叫。」

「我工作告一段落了，先回家一趟好了。」

「不用了，你忙你的工作就好，不要惹上麻煩，別像你弟起義那麼不會想。」

「媽！」電話那頭平和阻止春蘭繼續這個話題。

春蘭掛上電話，看男人窩成小小的，像團球，抖著手寫，後來春蘭買了一本新的日曆放在桌上任男人撕著寫。前面幾年男人寫得勤，像是追溯時光，日曆一本一本被用掉。後幾年，男人似乎趕上時間，不再急著寫，坐在書桌前像是睡著更像沉思。屋內光影打在男人身後，塵屑浮浮沉沉，春蘭望著這一切，讓她很安心，這平凡的生活不就是自己想要的，塵埃遲早會落定。就像她的名字，光復後改回「林呂春蘭」，似乎預告著「小林」時代結束，那些美麗的幻想破滅，人也該長大。

那個時代，人連自己的名字都不能做主，更何況是生活。

此刻，電視新聞播送解嚴後許多老兵赴大陸探親風潮不斷，加上社會各界發起二二八的平反運動，春蘭至此，才有長夢結束之感。她想著，或許男人也是，一步一步朝夢的出口走。路漫漫，但她會等也可以等，等男人再與她相遇，他們到時可以一起加倍溫習過去的美好時光。

隔好幾年，男人過世，春蘭終究沒有等到那一天。葬禮上許多人弔唁，起義在靈堂外招呼，平和站在靈堂內，像男人從沒離開過。

葬禮結束，家裡少了男人，多了張黑白相片陪伴，春蘭想著或許下一次她也會到牆上陪男人一起天長地久。想到這，她翻找著舊箱子裡年輕時的照片，春蘭不想用現在的模樣去見男人，她怕男人認不得老了的她，特地挑年少的寫真。

春蘭真的睏了。她的時間還很長，屋內髒亂了可以留到明天再掃，明天之後還有明天，反正男人不在，兒孫也在外頭打拚，一個人可以慢慢與時間消磨，所有的事都可以留到睡醒後再說。

收音機依舊開著，像隻忠誠寵物一直溫馴伴著她。唯一要等待的，就是天亮。

美麗島

我們搖籃的美麗島，是母親溫暖的懷抱
驕傲的祖先們正視著，正視著我們的腳步
他們一再重複地叮嚀，不要忘記，不要忘記
他們一再重複地叮嚀，篳路藍縷，以啟山林

起義哼起這首歌，明明想忘記很多事卻還是不斷記起，母親的話言猶在耳，他卻還是看不慣體制，永遠站在人群中。他想起姑姑曾說他外表像母親，個性卻跟父親一個樣，總把別人的事往自己身上攬，勇往直前，沒達到目的絕不停手。姑姑就算這麼說，起義還是感受不到自己哪裡像父親。他有一個父親，但跟沒有差不多，他的父親什麼都不做，整天只待在庭院裡發呆，從早到晚，睡著或醒著沒人知曉。母親少談論父親，他對父親也不熟悉，父親的世界裡只有自己沒有別人。

很多時候起義也覺得自己只有半個母親，因為剩下的半個都拿去照顧父親，而分身乏術在他和哥哥平和身上。這麼說來，姑姑反而跟他更親近，只要他有空就會從鼓山到鹽埕找做生意的姑姑，姑姑若有時間，就會牽著十來歲的他到新完工的大新百貨。姑姑沒有孩子，就把起義當成自己孩子疼，也因為起義特別黏姑姑的原因，哥哥跟姑姑間的感情就沒那麼好。

從小他就開朗外向愛往人群裡鑽，不像哥哥平和喜歡一人窩在書桌前，母親父親哥哥，就可以是完整的一個家庭，他才是那個外人，那個多餘的、不起眼的人。到了中學，打架鬧事他樣樣來，越是要引起圈圈內母親的注意，母親反而離他越遠，最後母親請託姑姑幫忙照顧，他就順理成章地搬到鹽埕，從此他可以遠離那個有活死人的家庭了。

姑姑在大溝頂賣舶來品，小至零食大至庭院雕塑品統統都賣，商品琳琅滿目，像個迷你展示館，但最熱銷的還是菸酒。姑姑賣這類產品，菸也自然不離身，叼根菸的姑姑特別美豔，或許煙霧增添姑姑頹廢的末世華美氣息。據說姑姑從台北逃婚後就來到打狗，從此和家裡斷了關係，只和起義家有聯絡。

與其說是姑姑照顧他，更多時候是他照顧姑姑。每當鐵門拉下，姑姑就特別梳妝往「銀座」去，起義跟姑姑去過幾次，有些人還以為他是姑姑的私生子，姑姑嘴裡越說不是，那些人就越信。每當他經過鏡子，會特地瞥那麼幾眼，他和姑姑的確有那麼一點像，於是他也肆無忌憚把自己當成是姑姑真正的孩子。酒吧裡煙霧瀰漫，許多鬼怪出沒，姑姑卻無畏地陪他們聊天喝酒，一杯一杯下肚，姑姑就靠那些金毛鬼越近。每當姑姑說要他早點睡，起義就知道或許姑姑今晚不回來，或是鬼要進家門。

有時會有固定叫「將」、叫「橋」、叫「湯」、叫「馬兒渴」的鬼在家中出沒一陣子，一開始他們說的話起義都聽不懂，久了，他知道說「臭顆粒」會換來香香甜甜的黑色方塊糖果，說「嫚妮」可以得到一些零錢。人家說同類會吸引同類聚集在一起，難怪酒吧裡那麼多女人也叫「嫚妮」，誰都想和錢做好朋友。

他的童年跟這條酒吧街和這商店街一起繁榮，每天都像日不落，從早到晚放蕩地過，他在學校的成績始終不好，尚未畢業就決定投入工作。當他在姑姑店裡招呼客人，有時看見穿著制服背著書包的人，他就想到哥哥。明明住家很近，搬來姑姑家前，他三天兩頭就從鼓山一人來到鹽埕，但寄養在姑姑家後，他卻倔著性子不回家，換母親撥空來看他。唯有如此，他才能感覺此刻自己比父親更重要。有時母親忙，哥哥就拿著母親交代的東西來，哥哥和他相反，木訥得不得了，來了只簡單問他好不好。

「好。」十三、四歲的他這麼回答。

「那就好。」十四、五歲的哥哥這麼說，和姑姑打過招呼後就返家。

姑姑交了多少男朋友，他就多了多少個「安口」，只是在那些「安口」面前稱呼姑姑要叫「姊姊」。「安口」和其他酒吧裡的「姊姊」教會他許多，怎麼點菸、怎麼調酒、怎麼說笑，還有「鬼話」怎麼說。如果會說「臭顆粒」和「嫚妮」就可以換得那些物品，起義想著那些話自有魔力，學越多就能得到更多。過了兩年，他知道不能靠姑姑生活一輩子，姑姑也這麼對他說，於是幫他找了間眼鏡行安頓，工作場所既時髦，薪水又很不錯。

來店裡配眼鏡的都是有錢人，由老師傅負責驗光配鏡，他則進行店內的清潔打掃還有端茶水。老師傅是酒吧的老客人，和姑姑熟識，受姑姑請託，一口答應下來。那些時日，鹽埕有許多國外走船員，大家都想從他們身上撈些油水，各樣的店面油然而生。起義學了不少「鬼話」，用來招攬新客戶得心應手，因為有起義的緣故，店裡的生意更加興旺，老師傅不把起義當成外人，開始教他專門技術。日過一日，起義有積蓄，卻還是覺得少了什麼，他始終不安定且不滿足，彷彿這一切繁華會成為過去。起義的生活一直過得無缺，但仍覺得飄在空中，不管談了幾場戀愛、做了什麼事，都還是沒有腳踩土地的踏實感，就這樣一路來到二十歲。

在鹽埕一帶，燈紅酒綠之外消息流通，似乎城市裡的大小傳聞都可以在這裡聽到，而最讓起義有興趣的，莫過於挑戰戒嚴之下的刊物和報紙，他對各家時論如數家珍。母親很少說關於活死人父親的事，許多事情都是從姑姑那聽來，據說父親早期在《台灣新生報》擔任記者，後來發生二二八事件，死裡逃生後的父親就病了、傻了、瘋了。姑姑嘴裡邊同起義說：「真不愧是太郎的後生。」卻還是擔憂地要他別走這條路，那是死胡同，要用命來冒險，賭注太大，走不得的。

海港裡的人們都走在時代之前，起義不知道姑姑在怕什麼，中學時聽到《公論報》的李萬居因為堅持「獨立辦報，不接受國民黨收買」，加上言論強悍而受政府嚴密監控。甚至聽說李萬居多次收到恐嚇信，裡頭夾帶著子彈，警告意味濃重。最精彩的是有人說李萬居一日車過蘆洲，被人用大卡車夾擊意圖製造假車禍，而住所也遭縱火。此外，《自由中國》雜誌創刊人雷震因籌組反對黨，而以「包庇匪諜」的罪名慘遭判刑，《自由中國》因此停刊。這些事蹟都激發起義的熱情，逢人就探聽有沒有可進入報社或刊物擔任記者或編輯的門路。

很多人知道起義想往報社去，沒有一個不勸他的，連他母親春蘭聽到風聲，還特地來到鹽埕他工作的眼鏡行，手裡提著燉好的雞湯，卻什麼都沒說，整間店內瀰漫著春蘭帶來的香菇雞湯味。老闆嚥了口水，讓起義開小差和母親到外頭說說話，兩人找了騎樓處坐下，春蘭招呼著要起義趁熱喝，他才發現母親比以前發福不少，精神卻差了點。

「義仔，最近好嗎？」春蘭問。

他只是點頭。

「你是不是沒好好吃飯，怎麼那麼瘦？」

「有啦！母啊，妳免煩惱啦！」

「我聽人家講……」春蘭開門見山問著：「你想要進報社工作啊？」

他默默點頭。

「這工作是一條不歸路，你怎麼那麼想不開？」

「母啊！如果大家都這樣想，那社會怎麼會進步？不是讓壞人越來越囂張？」

「你小時不愛讀書，但就是奇怪，《七俠五義》、《水滸傳》、《施公傳》又都整天抱著看。看來看去，你就是這一點最像你爸。」

起義沒說話。對於父親他是陌生的，也不想更靠近，逃出那個家後，就覺得自己擺脫一個夢魘，不用再像學生時代，承受別人嘲笑自己有個神經病父親。

春蘭逕自說著：「日本時代你阿爸在報社當編輯，他留學過日本，又去過中國幫忙家裡做生意，回來台灣後，先是負責漢文版面，但做沒多久，日本政府全面宣布停刊漢文版，要徹底推行皇民化。」

這是起義第一次聽母親說起父親的事蹟。

「吃人頭路就是這樣，更何況那個時代，上面的人說什麼完全沒有說不的空間，你阿爸有留日留中背景，漢文版面沒了，接下來就負責日文編輯，也做了好一陣子。之後國民黨接收台灣，本來報紙有分日文版面和國語版面，後來國民黨政府要求不能再有日文報紙，你阿爸和那些大陸來負責國語版面的人處不來，就辭了工作回到家裡。」

「阿母，聽妳這樣說，阿爸以前很正常啊，那怎麼現在會變成這樣？」

「那時發生二二八事件，一堆人圍在報社要求公平報導，本來都快把報社拆了，後來有大人物出面說會好好報導，那些人才散去。你阿爸就跑回報社負責日文版面，因為當時很多人看不懂國語，你阿爸便去寫日文稿外加編輯工作。之後二二八引發的紛爭越來越糟糕，到處都有抗爭，很多人被殺，你阿爸變痴呆那一天，就是警總把報社的副總編和總經理抓走的時候，報社裡一堆人也被帶走。」

「那阿爸也被抓走了？」

春蘭搖頭繼續說著：「你阿爸算是早就被報社辭了工作，他負責的稿件都被安排在獨立的個人辦公室做，那天他才去報社，大概看到那一幕，嚇傻了。」

「嚇傻？」

「你阿爸本來寫的都是別人的事，現在那些人反過來把他們當成目標，你阿爸當然知道這代表什麼，下一個死的可能就是他。」春蘭一字一句說著。

「都沒人來追問過阿爸？」起義問。

「你阿爸那天後就傻了，逢人就笑，大小便也沒有辦法控制，自己一人有時就是哭，三魂七魄也只剩下一魂一魄。那陣子家裡陸續來了幾個人，附近也多了一些陌生人，你阿爸還是這模樣。義仔，現在局面也不好，做報紙很敏感，不要那麼傻。」

起義這時感覺好像離父親近了點，這就是血緣，他的身體裡流著和父親一樣追求公平正義的血，「唯一不同的是……」起義想著：「我不會像阿爸那麼孬。」

不管春蘭怎麼說，起義還是無動於衷，春蘭不免擔心起義最後會和太郎一樣，自以為可以改變些什麼，最後卻只改變了自己，無法改變時代也無法改變民眾，影響最大的還是自己的家庭。春蘭苦過，才特地來勸起義，對春蘭來說，不管時局怎麼亂，只要能活下來就是一種幸福。但她知道起義有自己的想法，從小就不斷去衝撞體制，對於規矩，起義總是遵守的少、破壞的多，但那種破壞總是帶著合理的質問。

春蘭對起義的管教沒有信心，她自己一板一眼，平和個性就跟她一樣，但起義總突破那些規矩。太郎的大姊櫻是一個隨性的人，起義信服的也只有櫻，春蘭和大姊說定把起義過給她，畢竟自己已經要照顧一個痴呆的丈夫，沒有餘力再去照顧一個主見過了頭的兒子。

春蘭了解起義的個性，最後只說：「不管怎樣自己多照顧自己，有空回家看你阿爸一下。」

起義看著最後一點的雞湯，映照著自己的臉，彷彿看到了父親。

「對了，前幾天的新聞是《台灣新生報》的副總編輯單建周跳樓自殺了。」

起義無話可接，他們母子的話題就在此停止。

同年，《台灣新生報》女記者沈嫄璋和編輯丈夫姚勇來被認為是匪諜共犯而雙雙入獄，前者報紙報導在獄中畏罪自殺，後者被判刑十五年。隔年，起義二十一歲，順利進到夢寐以求的台北報社工作，他處在過去父親工作的報社裡，每當人影晃動，他都有種錯覺，以為每個背對著他的男人都是他的父親，而他或許可以在此和父親和解，可以重新再來一次過去沒有過的父子時光。但一切都是幻影，過去的也不會回來，他和父親註定就是屋簷下的兩個陌生人。

起義的工作是跑社會案件的新聞，由於所有人都怕觸犯到政治議題惹禍，遂把所有心思都放在安全地帶。母親的話間接影響了他，起義負責分內的工作，他不特別表現也不憤世嫉俗，他常感覺自己變成了普通人，尤其在結婚及有了孩子之後，他更害怕會有巨變，直到這時他才了解父親當時的感受。有了家庭，就像有條繩子綁著他，他的自由有了界線，行為也有了規矩，只能對著更遠方不合理的體制吠著，卻無法衝向前去咬。

起義想著或許父親不是不勇敢，而是更愛他的家庭，犧牲自己的生命不算什麼，但若讓妻子哭泣讓孩子無父，那才是父親更做不來的，於是甘願冒著被笑而逃了回來。就算父親瘋了，至少活著的父親讓母親仍能感到一絲幸福和希望。他多多少少諒解了父親，他不是在報社更加靠近父親，而是在自己成為父親之後。

姑姑這些年來依舊在那些「安口」之間來去，把自己的青春耗盡。那間舶來品店還在，只是時間的塵埃把店面給覆蓋，而姑姑也被蒙成哀愁。姑姑自青春年少時，就渴望能和隨便哪個「安口」到美國生活，那些「安口」嘴裡說好，但起義知道他們本質上都是鬼，說的永遠是不可信的鬼話。姑姑把青春全都下注，輸不起，只好一再相信狀況會更好而加碼，供吃供住供陪睡，姑姑把自尊放得小小的沒了自己，只要能離開這姑姑口中的小島就好。但最後姑姑的處境和台灣一樣，都被美國拋棄了。

一九七九年美國與中國建交，大批美軍撤離台灣，那些「安口」變成鳥飛離、變成魚游走，只有姑姑成了一棵樹一塊石頭，一直盼望著那些鬼可以回來實踐他們口中的誓言。同時間，國內民意代表的增額選舉也因中美斷交而停止，以致引發民怨。

據業界前輩說，有本黨外雜誌在籌備創刊需要人手，前輩說第一個想到的就是他。原本起義認為心中那把火已經被銷磨得差不多滅了，但或許薪木還在，還悶燒著。他才了解這些年來自己不像自己的原因是什麼，他還是想做點事業，為人民為社會為國家，但轉瞬又軟弱地想到自己的妻和兒。

回家後，他和妻子說明想進《美麗島》雜誌工作，妻子月娥不安地問：

「這樣好嗎？」

他也沒回答好或不好，妻子擔心的就是自己擔心的部分。

後來起義還是辭去報社工作到雜誌社的高雄服務處上班，他知道這才是他的理想和目標，似乎水滸英雄換了時空重新上演，只是不知道他們眼中的苛政何時才會結束。起義也不免擔心，如果換成自己面臨當年父親遇到的狀況，他會怎麼做？是逃？還是面對？

雜誌社的另一個工作就是在全省設立據點，並且展開一系列的群眾聚會，在起義心中還是希望社會有「天」、世上有「道」，雜誌內集結有志之士，大家同時間多方努力。施明德和陳菊也進一步籌組「人權紀念委員會」，希望可以配合世界人權日在高雄舉辦一場集會遊行，服務處送出申請，卻反常的遲遲未獲得准許。

服務處內大家遲疑著，有人開口問：「這政府不知道在玩什麼把戲。」

「大概之前台中服務處舉辦的活動引起他們的注意和不爽。」

「不爽的應該是民眾才對，他們把《潮流》抄了，一堆人也入獄，我們只是替吳哲朗舉辦坐監惜別會，還派憲兵圍成人牆禁止民眾進入參加，這種鴨霸事情也做得出來？」

「就是這樣，所以他們才阻止這一場活動吧！」

大家七嘴八舌討論著，最後的結論是放手一搏拚到最後，決定遊行到底。起義他們都知道，國民黨政府不會那麼好對付，果然遊行前一天宣布十二月十日那天舉行冬季宵禁演習，禁止任何活動。那天宣傳車才要出發，大批警力圍在服務處外，警察似乎成了抗議的民眾，拚了命躺在路上禁止宣傳車出去，戲碼荒腔走板。場面混亂中起義和其他人架開警察，由服務處副主任陳菊指揮，姚國建和邱勝雄總算順利開宣傳車沿街宣傳，一群人為一時的突破歡呼著。但勝利持續不久，宣傳車開到鼓山遭警方沒收擴音器，姚邱兩同志黏附在警車上抗爭，車子不顧他們死活駛過馬路，兩人沿路趴在車蓋上大喊「民主萬歲」、「自由萬歲」、「人權萬歲」，警車開到鼓山分局將兩人強行拉離引擎蓋拖進警局，這些都是沿路的民眾親眼看到而傳來的消息。

起義和服務處的人急忙趕到鼓山分局要求放人，許多民眾聽到消息也趕來，人潮湧入，起義和民眾怒吼、喊口號，大聲呼喊著那些應該屬於自身的自由。這時間，起義卻想到父親，是會走入人群還是逃避？起義想到了他的妻兒，如果他不在了，或是跟他父親一樣被逼瘋了，那他的妻是不是會跟他的母親一樣堅強地扶養孩子長大？孩子長大後是會像大哥一樣安靜，還是像他一樣叛逆？會像他恨父親一樣地恨他嗎？

隔天凌晨姚邱兩人才從南警交保，包圍群眾緩緩散去，《美麗島》服務處沒人認得出來他們的模樣，臉上紅一塊青一塊，像是給塗成了大花臉。兩人忍著痛接受眾人歡呼，掌聲過後不知道誰先哭了，男男女女圍著哭，沒人知道天何時才會亮。但真正的遊行今晚才要開始，沒人後退，大家知道前進才是唯一的出口，不往前，他們會被永遠困在暗夜迷宮。

遊行來臨，起義和參與的人都知道會面臨什麼，晚上六點多，在施明德和姚嘉文帶領之下，本要前進扶輪公園，卻發現已經被封鎖，兩百多人轉移到大圓環，警力也逐漸逼近。起義發現周遭有人提議著要拚生死，一群人受鼓譟而起，起義也跟在抗議隊伍裡，他總算覺得自己站穩了腳，歷史上一個小小的立足點。

警方戴著面罩拿起盾牌踢起正步，朝他們而來，鎮暴車像巨獸跟在後頭。起義決定忘了家裡正擔心的妻和年幼的兒，他走在前頭，擎著火把照耀著夥伴的臉，警方立在前方排成大陣仗，起義喊著「衝」，一群人勾著他的手，人龍越勾越長。一二三推，二二三推，三二三推，不信推不動阻礙前進的大石。他們衝破防線，裝甲車放出催淚瓦斯阻止，其餘的抗爭民眾按捺不住，以石塊棍棒反擊，警方的態度更加強硬起來，當場大掃蕩。

起義被捕，抗爭的人也被捕，黃信介、施明德、張俊宏、姚嘉文、林義雄、陳菊、呂秀蓮、林弘宣等八人被警總軍法處以叛亂罪起訴。在獄中他想到母親那蒼老憂心的臉孔、安靜少話的哥哥和瘋了的父親，他想如果父親沒瘋是會說他傻？還是會誇獎他？起義了解父親當時做的沒有錯，他現在做的也沒有錯，母親勸他的也沒有錯，妻子的擔心也沒有錯。沒人有錯，只是選擇不同，結果就會不同。

現在的他想好好地抱抱父親，那個他曾經引以為恥的人，告訴父親「你沒有錯」。他想起這首〈美麗島〉：

婆娑無邊的太平洋，懷抱著自由的土地
溫暖的陽光照耀著，照耀著高山和田園
我們這裡有勇敢的人民，篳路藍縷，以啟山林
我們這裡有無窮的生命水牛（水牛）
稻米（稻米）
香蕉（香蕉）
玉蘭花。

我等就來唱山歌

「空氣密度為D，氦氣的密度為d，今將一氣球充滿氦氣，若氣球皮膜和載重物的質量為m，則欲使該氣球上浮在空中，則氣球的體積至少為？」

「水壜內水深h，在壜體的最底部出現一條面積為A的裂縫，若要擋住水的滲漏，需施多少力？（重力加速度為g，水密度為d）」

千禧年，狂歡與悲觀，像是孿生弟兄，隨行而來。度過這一年會更好？或末日將近？沒人知道。時間具有證明一切的能力，時間會引導世人尋找出口，同樣地，它也會用有力的雙手自後頭逼迫人們前行，賴在原地不肯走的，就會成為歷史。

林哲浩站在一群人之間，他對這群人陌生，對「世界反水庫日」活動也不解，只是被同學傑森拉來湊熱鬧。傑森把ＣＤ隨身聽的耳機遞給他，裡頭傳來許多傳統樂器組合而成的樂音，歌唱者粗獷不羈的聲音緩緩唱著，傑森熟稔地跟著唱起客家歌，哲浩對這音樂、對這歌手、對客語均一無所知。總是如此，對生活、政治、未來、夢想什麼的，哲浩總是處在無感的狀態，總是能避開麻煩就盡量躲，不正面迎擊，就不需要作戰。他的父親不同，對很多事物充滿戰鬥力，永遠站在第一線的位置，是先鋒也是他人的偶像，卻不是他的。哲浩想，如果父親看到他參與這個活動，一定會誤解，以為兒子開竅準備繼承衣缽了。

傑森是他同學兼室友，前幾天說想回美濃老家一趟，問他有沒有興趣，正因為哲浩什麼都不知道，連主見也沒有，更是個好好先生，為了不傷害別人，他盡可能不去拒絕，尤其是他暗自喜歡的人。到了假日他跟傑森騎乘機車一路到美濃，似乎每條美濃小徑上都掛著白布條，粗大黑體字反映出兩種聲音，這邊是贊成美濃水庫興建促進地方繁榮，那頭是反對蓋美濃水壩避免破壞生態和人民生活。他在傑森家像一個真正的客人，沒人在乎他懂不懂客語，傑森和母親說著他不懂的話，他像被排除在兩人圈圈之外。他努力辨識，卻還是徒勞無功，最後只好放棄把自己放空，兩眼掛在電視螢幕上。傑森發覺哲浩的表情有異，開始用國語回答母親的話，哲浩了解這是傑森不說破的細心和溫柔。

住了一夜隔早出門，因為傑森說今天有大活動，他以為是當地著名的「黃蝶祭」，結果不是。他想像著居民的浪漫性格，肅穆敬拜雙溪伯公和黃蝶伯公外，捻香敬告山神表達人類懺悔，並向黃蝶獻花、獻果、獻蜜。但此刻只有浩浩蕩蕩的人圍站著，如同心圓擴散出去，廣播器不斷放送台上人的話語，他還是聽不懂，傑森也沒打算翻譯，只拿出CD隨身聽和他分享音樂。音樂無國界，不用翻譯。

「誰唱的？」哲浩問。

「一個叫交工樂隊的客家樂團，很不賴吧！」傑森說。

「唱什麼？」

「〈好男好女反水庫〉。」傑森用客語說著。

「啊？」

「這首歌的歌名，〈好男好女反水庫〉。」傑森放慢速度翻譯成國語。

人潮裡一陣歡呼鼓掌，他不自覺跟著做，所有人抬頭看著天空，一顆像是銷售建案的廣告氣球停置在半空，他仰頭，覺得天空多了一粒太陽，紅得把藍天景觀都破壞了。

「為什麼放氣球？」哲浩問。

「提醒美濃人如果這裡蓋了水壩，高度就差不多那麼高。」

他覺得脖子痠，心裡想著這樣的高度到底有多高？腦海裡跑出國高中的數學題型，關於氣球關於水壩關於密度關於壓力……吧啦吧啦的。他把想到的題目寫在隨身攜帶的筆記本中，強迫性地開始套用公式計算，卻怎麼也想不起關鍵的答案該怎麼寫。一切建構在科學驗證的社會之下，是不是諸事都可以數據化？為什麼愛情沒有計算公式？他看著傑森，想著自己愚蠢的問題。

哲浩問：「那為什麼要反水庫？」他可以理解為什麼有人反核廢料放置蘭嶼，反核四興建，以及拒絕焚化爐、火葬場、垃圾掩埋場等在住家附近興建，但無法理解為什麼要反對和民生相關的水庫。

「回答這個問題之前，我先問你一個問題，那為什麼要蓋水庫？」

「……」他沒想過這個問題，只是理所當然提出問題，但接到對手投回來的球卻手足無措。哲浩覺得傑森和父親有點像，只不過父親總是激動地宣揚自己的理念想法，而傑森卻是溫水慢煮似的，不急著說服，而是等待。

千禧年，瀰漫著迎接新世紀的歡樂，也籠罩在世紀末世界末日預言的恐懼之下，所有事情都有光與暗，大魔王尚未依照預言到來將世界收服。哲浩想到父親，他那激進派的父親對於國民黨政府不斷地攻訐。哲浩不懂，他覺得自己很中立，但父親最常批判他沒想法，更說這一輩的人不懂得歷史、不曉得自己的定位。他覺得自己無辜，父親活在過去的歷史，不代表他或同輩的人也是，他們活在自己這一代的歷史裡。父親不厭其煩地跟他解說家族史，好比祖父曾受到二二八的迫害，而自己也是美麗島事件的受害者，現今的台灣社會都是靠他們的努力犧牲、衝撞體制而得來。哲浩好像有點懂但又不太懂，畢竟當他懂事的時候世界就是這副模樣了，他怎麼去體會沒有存在過的世界？他覺得父親是逆著時間跑的男人，想把歷史緊緊抓牢，不願隨著時間之流前進，所以那麼用力，卻沒看到兒子早就順著水流被沖得老遠。

「其實美濃這小鎮很有趣。」傑森說。

哲浩想也沒想，只是直覺性地點頭，心裡推敲著傑森口中有趣的點是什麼。

「美濃人以農為主，大部分都是逆來順受，屬於無聲的一群，對於政府的政策基本上都是默默接受的，但卻在這個議題上吵了很久。」

哲浩好奇問：「多久？」

「從一九九二年到現在，八年了，每次只要一缺水，政府就嚷著要蓋水庫。」

「水庫可以蓄水，對於提供用水應該有幫助啊！」

「一開始我也是這麼想，我搞不懂大人為什麼那麼反水庫，但上了高中到現在大學，看了很多書籍，查了一些資料和參加多場反水庫座談後，我漸漸了解，我們是被矇騙的一群。」

「怎麼說？」

「乍看之下缺水就蓋水庫，好像很合理，但你知道台灣水庫平均壽命有多長嗎？」

「水庫還有壽命？」

「無機的東西還是有損壞、不堪使用的時候。」

「所以你說說看水庫的壽命多長。」

「台灣因為濫墾、水土保持不易、淤沙等問題，水庫的平均壽命差不多是五十年。」

「感覺還ＯＫ啊！」

「那我們來想像一下，蓋一座水庫要花十五年，但使用期限只有五十年，五十年後我們就必須再蓋下一座，所以台灣很快就會蓋滿大小不一的水庫了。」

「這有什麼不對嗎？」

傑森笑著，沒有惡意，繼續說著：「那可以想像一下，如果有天所有能蓋水庫的地方都蓋滿了，但是我們還是處在缺水的狀況中呢？」

哲浩想著大小山頭有著數以百計的水庫畫面，每座水庫像座無人顧守的碉堡或墳場一樣，只徒留外型卻乾涸得擠不出更多的水，彷彿許多盆子開口向天，等待著落雨時刻。

「水庫的問題很複雜，除了這層面之外，當然更希望這裡的特殊生態不要受到破壞。況且我們可以做的事情還很多，有很多方法可以避免這種殺雞取卵的取水方式，更應該從保育森林和水資源再利用等方面著手。」傑森回答。

「你那麼專業？」哲浩笑著。

「多關心、多了解就會成為專業。」

「你沒想過你看的資料某部分也是矇騙？」

「當這世界被強行二分成贊成或者不，我們只能被迫選擇一個。」

「可以不選擇嗎？」

「真的失去了再來悔恨就來不及了。」

傑森這句話勾起哲浩的回憶，去年從北部學校返家，父親看著電視新聞幸災樂禍說著：「你看這國民黨內鬨了，宋楚瑜脫黨參選總統，老狐狸露出尾巴，現在國民黨一直挖宋楚瑜的舊瘡疤，我看民進黨執政的時代要來了。

小浩，投票時要回來投阿扁一票喔。」

「我對這個沒有興趣啦！」

「自己國家的事務怎麼可以置身事外，這是每個人的權利。」

「我對政治不熟，誰當選都好，我放棄這個權利。」

「怎麼這麼說，身在福中不知福，這些民主是靠多少人的力量累積出來的。」

「民進黨的暴力抗爭也算是民主？」

「暴力抗爭只是一種手段，在爭取被更多人看見的機會，讓許多人知道事情的始末，暴力本身不是目的，而且這體制需要被突破。」

「爸，你也太美化了。」

「爸知道你不以為然，那是因為你沒有失去過，所以你不知道，等真的失去再悔恨就來不及了。」

關於父親那一段歷史，他很無能為力，父親時常拿出來提，哲浩不確定這段歷史會不會跟著他一輩子，彷彿他身為父親的孩子就得承擔這個記憶，那段不屬於他的部分，父親強行要刻印在他身上。父親每天說一點，那些話語像紋身，深印在他的心底。他有罪，承擔父親過去的罪，所以不能歡愉不得自由，只能被禁錮在父親設定的界限中。

他小時候是沒有父親的，父親活在牢裡，等他牙牙學語，會說的話永遠跟父親無關。他記得每週六母親帶他去見父親，他直覺這人是壞人，只有壞人才被關在牢裡，至少在學校裡是這麼教。幾年過去，父親才又出現在他生活之中。隨著父親回來，有更多陌生人出現在他的環境裡，那些人來了又走，每次父親總是中心人物，那些人似乎把父親拱上天，他們籌畫著政黨的雛形，希望父親能再參與。

母親在廚房表情愉快地做著菜給來家裡的人，他覺得自己多了一個父親卻少了母親，母親全心全意把愛拿來奉獻給父親。哲浩知道父親愛他，但寧可父親不要回來，這樣就可以一人獨佔母親的愛。況且父親像詛咒，把那段歷史施法在他身上，讓他抹不掉，時時刻刻提醒著他，這安定的時局背後隱藏著隨時會消失的危機。這讓他像處在危船中，有著不安定感。

被關出來後的父親無處可去，又投入他口中的革命事業，母親時常擔心戒嚴時期的政黨合法性，父親還是一往直前。哲浩常在想，如果父親願意放慢腳步，一定會看見母親憂愁的臉。也或許正因為不願看到母親憂心的那一面，所以父親積極加入民主進步黨的籌組工作，頭也不回地跑。只要回到家，父親便不斷暢談他的革命理念還有創黨進度，他和父親之間的隔閡多了一個政黨，這讓他始終跨不進父親的圈圈裡。解嚴、解除報禁與黨禁之後，父親更忙了，黨就成了父親的家，哲浩又再次失去了父親，卻讓他安心。

在外面哲浩一直是個好好先生，回到家在他父親眼中哲浩是個無感的人，但哲浩了解自己怎麼看世界，他的觀點和父親不同，所以在政治見解上一直有衝突。為了展現自己也是獨特有想法的人，且決定要過自己想過的人生，哲浩在大二那年同家人出櫃，他的父親默默看著他，最後才吐出：「你要我在外面怎麼做人？」

母親試著打圓場，父親卻把矛頭對著無辜的母親：「妳看看妳怎麼教孩子的？把孩子教成這樣。」

「你沒有資格這樣說我媽。」

「你在說什麼痟話？我不是你爸？」

「如果要人家把你當成父親看待，你就做好一個父親該做的事情，對我來說，有沒有你都無所謂。」

「你在說什麼？你給我滾出去。」父親指著門大吼。

「這是我家，你從以前到現在為這個家做了什麼？該走的是你才對。」哲浩喊著，母親緊張地介入，要兩人都各退一步，但這是他和父親首戰，彼此毫不退讓。

最後默默走出家門的是他的母親，父親癱在椅子上，他追了出去問：「媽，妳要去哪裡？我又沒有說錯。」

「媽只希望這個家可以安安穩穩，不要吵吵鬧鬧。你父親有自己的看法，你不能認同沒有關係，就跟你喜歡男生你爸無法接受一樣，沒人逼你們現在就要理解對方。但你跟你爸說那些話太過分了，我不知道你怎麼看待你爸，但媽跟你說，我從來，一次，也沒有恨過你爸，我知道他做的是什麼，我更想讓他理解，我可以做他一輩子的後盾。你說這些太傷人了，沒有多少人可以像你爸這樣，為了理想往前衝，他在我心目中是個英雄，不是你說的那個不負責任的父親。」母親涕淚說著，他也跟著哭，因為他總算了解，自己自始至終都輸給父親在母親心裡的地位。

「在想什麼？」傑森打斷了哲浩的思緒。

「沒。」哲浩撇過頭看著傑森問：「你會出櫃嗎？」

「我很認真想過這個問題，我想出櫃，但我知道我不能。」

「為什麼？」

「我上有五個姊姊，家中只有我一個男生，我爸過世之後，只剩下我媽撫養我們長大，她現在只想要抱孫子。」

「你姊都有孩子了，你媽的心願應該完成了。」

「她老是叮嚀著我，如果交了女朋友，就該帶回家。」

「那怎麼不帶一個回家。」

「所以就帶你了啊！」

「神經，我又不是你女朋友。」哲浩想到前晚兩人發生的事。

「但你是我男朋友啊！」傑森緊緊握著哲浩的手說著。

「反正你都有結婚的打算了，還幹嘛這樣？」哲浩掙脫傑森的手，賭氣地說。

「我哪有說要結婚，我不打算出櫃，是因為直接說的話刺激太強烈了，我媽年紀有點了，我怕她一時承受不住，所以要採用『減敏感訓練』，讓我媽習慣有你的存在，一方面也可以讓你和她打好『婆媳關係』。」

「神經。」哲皓白了傑森一眼。

「好啦！是『婆婿關係』。久了我媽就會心知肚明。」

「如果到時候她還是不接受呢？」

「如果到時候我交往的對象還是你的話，你再來煩惱就好了。」

「你很壞呢。」

「你都知道我很壞，還愛得那麼開心。」

「……」

「你家現在的狀況還好吧？」

「反正都相安無事就好。」

「誰知道你那時那麼衝動。」

「也不想想看是誰害的。」

「是我嗎？」傑森指著自己。

「不然咧！誰叫我那時暗戀你，我想以後遲早會面臨到出櫃的問題，晚說不如早說，早死早超生。」

「那恭喜你脫胎換骨了。」

「還有好長的路要走。」

「反水庫也是一樣。」

千禧年，台灣政權移轉，有的人認為希望已至，有的人認為戰爭將起，外省與本省、芋頭與番薯、外來與本土……種種議題在這塊土地上碰撞得煙硝瀰漫，而遠方還有數百枚飛彈瞄準每個人的心頭。歷史曾對人民造成傷害，而當初處在弱勢的人挾帶著這些傷痕，成為勇士的印記。二二八、美麗島不斷地被重述，像籌碼不斷被累積上去，變成強大可靠的政治資產，這些在哲浩耳中成了政治語言。

一日在校內，不曉得是誰開啟話題討論二二八事件，同學七嘴八舌試著拼湊出一個答案，好比「二二八和美麗島有關係嗎？」「不是啦！是跟菸有關係。」「好像是打死賣菸婦人引起的。」「就是陳儀打死了很多人。」「是本省人和外省人的戰爭吧！」

有人繼續問著：「那美麗島事件呢？」

同學有的側頭、有的嘻笑、有的皺眉，說著：「我知道和陳水扁還有呂秀蓮有關係。」「是文革嗎？」「是因為當時國民黨專政，有人辦黨外雜誌，結果都被抓進去的關係。」「對了對了，美麗島那時候是戒嚴時期，所以很多人被抓去關。」「所以和二二八到底有沒有關係啊？」「都是白色恐怖吧！」「白色恐怖是什麼？」「為什麼要叫白色恐怖？」

「我們討論這些做什麼？」一位男同學問著。

「不管大陸歷史還是台灣歷史，那些都過去了，跟我們又沒關係。現在都上大學了，考試又不考這個，管他那麼多幹什麼。」一個女同學不以為然說。

「……」哲浩思索著，他在同學身上看到自己，兩者互為一體，自己就是這麼看待父親，把父親的過去當成真的過去，但對父親而言那是生命的印記，沒人可以叫父親忘了那些。

「有關係喔！」傑森跳出來說。

「什麼關係？」女同學問著。

「如果我們自己不了解台灣過去的歷史，那怎麼告訴自己的孩子要珍惜現在安逸的生活。不了解過去，不就像根基不穩的植物，不管活得再高再壯，但還是不踏實。每個人都是活在這塊土地上，那些歷史跟我們現在沒有相關，但如果了解前因後果，就會知道現在的政治脈絡為什麼會變成這樣。」

「什麼意思？」另一個同學問。

傑森試著解釋：「好比幾年前民進黨還是屬於非法的政黨，是因為當時還在戒嚴，實施報禁黨禁，人民甚至沒有集會遊行的自由，因為民進黨常上街頭抗爭，還被人稱為是『街頭黨』。」

「好像沒解釋到你剛剛說的，這些歷史跟我們有什麼關係。」

「那再往前推一點，為什麼會有戒嚴？是因為當初國民政府在中國大陸遭共產黨擊敗，對共匪很感冒，當時先派陳儀來接收台灣，後來發生私菸查組事件，加上派來接收台灣的官兵又素質不良，引發民怨而產生抗爭，對峙之下死傷眾多，就是二二八事件。陳儀見狀況不好就謊報台灣遍布匪諜，最後是當時的省主席陳誠宣布戒嚴，台灣就進入到一個沒有自由、高壓極權的時代。好幾年後有人提出質疑，認為戒嚴程序不合法，要求恢復人民的組黨、遊行、言論等自由，廢除國安法、戒嚴等惡法。當時組了一個黨外雜誌叫《美麗島》，具有政黨的雛形也是民進黨的前身，因為常舉辦一些活動，引起國民黨反感，禁止在高雄舉辦一場遊行，但後來他們還是走上街頭宣揚理念，最後策畫人被捕，要以叛亂罪問死，引發社會譁然還有美國介入，所以只遭判刑，這就是美麗島事件。」傑森一口氣說完後補充著：「簡單地說，就是錯誤的決策引起人民的反抗，最後前總統蔣經國宣布解嚴，所以我們現在可以遊行、可以組黨、可以有言論自由等。」

所有的人等著傑森繼續說話，傑森和大家面面相覷，最後沒人開口，大家紛紛以有其他事為由脫身。剩下兩人，哲浩看著傑森說：「水庫專家也是歷史小博士。」

「別笑我了，歷史有趣的地方就是像骨牌，當你推倒其中一枚，其他的就會跟著倒。你爸也是其中一張骨牌，他倒下，最後也會影響到你。」

「影響什麼？」

「我後來可以理解你爸因為當時被關，所以對政府很不信任，加上恢復自由之後，你爸一直覺得很不甘心，想討回些什麼，才積極地參與那些事務，所以忽略了你。但是小浩你知道嗎？換個角度想，我覺得你爸也是為了你。」

「為了我？」

「你爸怕過去發生在他身上的事情，會發生在我們這一輩人身上，所以他們以自己去築成一道牆，去抵抗很多不合理的事情，就是希望我們可以活在一個自由的時代。」

哲浩想著他們家族就是一個骨牌，爺爺因為二二八事件而痴呆，父親又因為美麗島事件而入獄，或許其中真的有某種關聯性，讓他們順著歷史而倒下。有些問題有解，但有些問題永遠無解。

「你聽這首歌。」傑森遞過耳機。

耳機傳來熟悉的聲音，是跟著傑森去美濃時所聽過的，「什麼歌？」

「〈我等就來唱山歌〉。」傑森一字一句用客家話說著。

「內容是什麼？」

「『我們就來唱山歌』，是鄉親去立法院抗議時用來砥礪人心，叫鄉親不要怕一起唱山歌，希望政府能還給大家一片美麗山河的歌。」

哲浩知道自己什麼都不用怕，只要有傑森陪伴。

「再說一次。」哲浩說。

「ngaiˇ deuˊ ciu loiˇ cong sanˊ goˊ。」

A7802

Ａ７８０２，何時他的名字被這組號碼給取代了，他不清楚；前一號後一號是誰，也不想知道，每個人只要記住自己的編號就好。一群人在悶熱狹仄的空間裡生活，永遠沒有安靜的時刻。夢裡他常回到那片他朝思暮想的家鄉，一大片的農田、奔跑的孩子、充滿笑臉的人、慈藹的母親、他的妻和兒，以及正在整建的老家。故鄉的夜也沒有安靜的時候，蟋蟀唧唧叫、蛙鳴，以及遠處灌木叢或農田裡傳來的奇異叫聲，像把寂寞叫遠。偶爾傳來母親的咳嗽、妻的嘮叨，這一切都是伴隨入眠最好的佐劑。

有時他睡不著，就睜大眼朝著天花板，聽著房內一百多人的呼聲，這些人到底是怎麼入眠的？他本來又是怎麼入睡的？想到這些，讓他覺得又累又睏，但卻無法放鬆睡著，身體和心理處在痛苦不堪的狀態。房間很熱，蚊子和臭蟲在數百人之間尋找下一頓飽餐的所在，許多人像一起說好的，同時翻身或說夢話，話裡卻是不同親人的名字。如果在家鄉，天還未光就要荷著鋤頭準備出門，妻前夜準備的早餐和茶水就在餐桌上，孩子在嬰兒床上咂咂嘴，大概又嘴饞了。許多人的作息還停留在家鄉，也或許這些人跟他一樣睡不著，只好起床盥洗找點事做。

天色漸亮，房間裡的騷動傳染著彼此，一天又即將開始。早餐過後，他們會陸續進入到黝黑的地道裡，像地鼠密掘著洞，他們除了以氣味還可用人造燈光和口音辨識你我。每個暗穴都像一場無止境的夢境，每個人在心裡期盼著出口就要出現，他和其他人相信神說的話語，等待光的出現。每日筋疲力盡之後就是折磨，身體的痠痛不算什麼，三餐菜色不好也可以忍受，缺乏翻譯人員和資方溝通協調也由來已久，小小空間擠滿兩百張床也無所謂，反正可以睡就好，大家早已習慣，因為沒有聲音才能繼續在這土地上打拚。但思念像毒，總一天侵襲一點，等受不了，拿出電話卡撥給遠方的妻，除了想念的話語外，聽著原本只會伊嗚啊的孩子已會流利地喊著爸爸，鼻頭酸。看著公共電話畫面上的金額越來越少，像是他的歡樂也被剝奪，最後不得不掛上話筒。

未就寢之前，一些人擠在小小空間看電視，只有幾個人可以聽懂中文，剩下的只是邊看畫面邊閒聊打發時間，訴求好幾次，希望可以有衛星電視看看家鄉的節目，卻總在翻譯人員說要往上呈報後無下文。有人抱怨著誰的朋友在哪裡工作有哪些福利，那些像是不存在的美地讓人嚮往。環顧四周，每人生活空間只有小小一地，那不到一坪的四方空間就是他們暫時的居所，小小的，像被囚禁飛不出的鳥。他及他們被許多「不可以」給壓制，不可以打手機、不可以賭博、不可以翻牆、不可以喧嘩、不可以洗澡前只穿內褲、不可以抽菸、不可以喝酒……種種不可以換成不曉得怎麼計算出來的罰金。工作之外，他還是要像地鼠般安靜，不惹人注目，以及遵守規矩。不然每被扣一次薪水，老家重建完工的日期就又遙遙無期。

連唱個歌都要小小聲哼，家鄉的歌曲總是輕易催動每個人思鄉的情緒，想娘的、想爹的、想妻的、想兒的，一起跟著哼一首又一首熟悉的曲調。歌是搖籃曲，逼迫他不敢看待現實，只想趕緊往夢裡鑽。睡著睡著，或許等夢一醒，錢就賺夠可以返家團圓了。

只是最近宿舍內氣氛越來越差，彷彿大家被塞在同個壓力鍋裡不斷悶燒，有人提出加班費好像沒有按實際時數給付，有人附議被迫加班資方卻沒有提供食物也沒熱水，莫名其妙被扣款但是薪資單上沒有泰文註明，伙食不新鮮，宿舍擁擠，一些人接著說遭電擊棒電擊及遭毆打的經歷……情緒飽滿卻無處可以發洩。有人私帶了菸酒進來，藉著幾根菸、些許酒，把壓抑的心和言語通道都敞開，藉著熟悉共通的語言遊歷彼此所經歷的痛苦、不堪、恨與怨，膽子漸大，話語也越大聲。有人通風喊著管理員來了，飲酒的阿朋大概喝多了，說著醉話：「來就來，怕什麼？」

旁人叮嚀著：「阿朋不要這樣，被抓到要扣錢，想想一天工資多少，家裡還有人等著用錢，不要和錢過不去。」

阿朋放大膽嚷嚷：「不是我和錢過不去，是他們故意和我們過不去，在這裡跟坐牢差不多，一點自由都沒有，連大聲一點說話都不行嗎？」

站在一旁的阿抗說話：「阿朋，我陪你喝，喝完這一杯就先休息，錢不好賺，不要惹事了。」

阿抗是他們的領袖人物，總是站在第一線幫大家說話、尋求資源、爭取福利，只是不斷和資方協商的結果，就是碰了一鼻子灰，吃了好幾回合的閉門羹，阿抗每次總帶著歉意回來：「抱歉，又沒下文了。」

沒人責怪阿抗，阿抗是抱著被資遣的風險替大家爭取應有的制度，只是他們的聲音太小，沒人把在地洞工作的他們當成一回事。他也加入幫腔：「阿朋，放假我們陪你喝，先收起來吧！」

「阿抗、阿順，你們是我兄弟吧！來，乾杯。」阿朋說畢舉杯乾杯。

管理員馬上小跑步到床鋪邊對他們說：「A7802、B1023、D2214你們……喝酒……八百。」

他和阿朋聽不懂全文，但從各自的編號和管理員的手勢、動作和可以檢索了解的字彙中知道，大概又被扣錢了。

阿抗用泰文翻譯：「他說A7802、B1023、D2214我們三個在住宿區喝酒還喧嘩聚眾，一人扣罰八百元薪資。」

阿朋首先發難，以泰文大喊著：「什麼？扣我們八百元？是我一個人的錯，罰我一個人就好了，為什麼連他們都罰？」

管理員看著阿抗，阿抗和管理員開始對話，阿順剛開始還可以勉強了解大概，但後來阿抗和對方的對話速度越來越快，一旁圍觀的人七拼八湊幫忙簡單翻譯著，只聽到有人喊：「不要太過分，一直欺負我們。」

「你們違規本來就該罰。」管理員說。

「你說我們不能在宿舍賭博，那為什麼你們自己又在這裡擺設賭博機台？」

「不能賭博是公司規定，擺那個機台是提供娛樂，有問題你們去問公司。」

「我們伙食費那麼貴，為什麼吃的東西那麼差？」有人問。

「為什麼幫我們把薪水匯回去泰國，要收那麼貴的手續費？」有人也問。

「連手機都不能使用，只能打這裡的公共電話，太不合理了。」有人加入。

一個個為什麼，把所有人的心串在一起，全部人的疑問形成巨大的力量，像隻手，緊緊攫住管理員。

管理員大喊著：「所有在場的人違規聚眾都扣一千五。」

「扣錢就扣錢，我們要罷工。」

「抗議抗議！」

「罷工！罷工！罷工！」

「叫人出來面對我們的需求。」

「給個交代。」

扣錢的話語讓所有人怒氣沖天，你一言我一句逐漸將管理員包圍，一些人已經準備動手，阿抗阻止大家，但開始有人鼓譟要公司上頭的人站出來，管理員在阿抗和他的護送之下回到管理室。管理員急忙通知其他人，辦公室內的人也趕著打電話尋求支援並且報警。任憑阿抗和他怎麼解釋或請求，對方還是蠻橫地口頭威脅著：「這一次要把你們全部都送回去泰國。」

就在他和阿抗努力緩和場面之際，一群人陸續從宿舍出來直奔辦公室，大喊著：「出來！不要躲！」部分的人撿起地上的石塊就往路燈丟去洩恨，第一顆子彈被擊發，許多砲彈也陸續開火，辦公室上覆蓋的鐵皮響起叮咚聲，整個屋子像要垮了。阿抗搬來箱子站在最上頭要大家冷靜，卻沒人肯再聽，甚至阿朋還發出疑問：「你是收了人家多少好處？每次派你去談判都失敗，是不是對方私底下塞錢給你，所以你現在才幫他們說話。你有錢，我們沒有錢，現在還會被扣錢、被威脅要遣返，之前又常被電擊、毆打，你說我們怎能再相信你，大家說對不對？」

阿朋一說，大家鼓掌叫好，接著阿朋繼續指揮：「大家衝進去，把工廠也燒了，要廠方重視我們，不要只會漠視我們。」

在場人再次受鼓動，所有石頭齊飛，把辦公室外牆砸出像蜂巢的痕跡，阿抗和阿順對辦公室內的員工喊：「暴動了，我護送你們出去，這裡很危險。」阿抗指揮著和平派的人幫忙圍成一個小圈圈，要那些原本還趾高氣揚的管理人員進到保護圈裡。有人舉起石頭要丟，看到阿抗和那些夥伴，便把石頭和一肚子的氣往其他地方丟去。而警方和大批新聞媒體也趕來包圍住整座廠房，黑夜裡的廠區一下子團聚了一堆光，抗議人員是蛾，朝火燒去。

「所以火是誰放的？」前方的警察不耐煩地問，阿順唯唯諾諾回答著之前重複過好幾次的答案，記憶畫面又生動起來，彷彿還在現場。阿順把腦海裡的畫面慢動作播放、停格、倒轉，但還是對於是誰縱火這件事一點印象也沒有，甚至連是阿朋說要縱火燒了廠房這件事也刻意忘了。

當天，新聞記者伴隨著警方前來，他們原本以為是救兵，卻將他們隔開之後押至警局，許多人圍著他們，麥克風也遞在眼前，這是他第一次有了真正的發言權，卻被嚇得什麼都說不出來。而且因為語言之故，阿順也無法完全理解那些人的問題，他只擔心會不會遭解約而遣送回去。他來台灣之前，借了好大一筆錢給仲介，來了別人眼中的金山之後，卻又不斷以各項名目被扣錢，食宿費兩千五、翻譯費一千元、勞健保稅費一千五，層層疊疊之後，他不想欠了債被趕回去，所以學會安靜，推托說不知道不清楚。當天及隔天的新聞紛紛以「鬧事」、「暴動」來形容他們以為是革命的一戰，他和阿抗很快就被帶回公司宿舍，據說有幾個滋事的人還被關在警局接受調查。

記者全天候圍在宿舍區，沒人開工也沒心，況且時機也不對，開始有人抱怨著閒在這沒有錢賺，還像動物一樣被人關、被人參觀欣賞。另一派人又說之前沒人看可是我們像奴隸，什麼自由也沒有。小小火星再度被點燃，阿抗幫忙集結大家的訴求，站在第一線的位置領了幾個人，以流利中文說著：「實報加班費，薪資單要附泰文明細表，開放手機使用，廢除宿舍代幣制度，宿舍內加裝收聽泰語節目的衛星天線，降低代匯薪資的手續費，解除禁酒令，撤換打人管理員……」

再隔天，新聞轉向報導他們遭受不人道的待遇，開始有許多聲音浮現出來，像接力一般，溫暖地要他們加油，似乎社會公義與幸運女神已站在他們這邊。但開始有人謠傳，等這風波過後，公司會秋後算帳，那些在媒體上放話的人就是第一波被送回去的對象。於是他們又開始縮回自己的殼，溫順地過日子，把自己躲藏在不容易被發現的角落，希望可以躲過這一劫。阿抗卻還是挺身而出，他有了說話的力量，但同時也被殺戮給盯上。阿順夜裡問著阿抗：「你不怕被送回去嗎？」

阿抗點點頭後說著：「是會擔心，但常常想起故鄉的一切，大家都說來台灣工作很好，我也和大家一樣借了一大筆錢給仲介，每個月又被扣掉錢，一個月薪水一萬五千多，有時公司給的零用金不夠，還要換代幣才能在福利社買東西，裡頭的東西又貴。我不怕苦，再苦、錢再少我都願意試試看，但是這裡的生活沒有別人說的那麼好，連最基本的自由都沒有。我們好久沒有好好地唱一首歌、吃一頓飯了，每個人的臉越來越嚴肅。我現在賺的還不夠還仲介，但是我想再踏上故鄉的土地，我想快樂，貧窮也沒關係。」

「對不起，我不能陪你，我還有小孩、妻子、還有母親、還有……」

阿抗拍拍他的肩膀說：「沒關係，每個人做好自己認為正確的事就好，不需要勉強，真的。」

夜來了，逼迫每人閉眼，不管抗爭與否都要臣服於睡眠。阿順睜著眼，環顧四周，一些人已睡，一些人討論著明天的戰況，剩下的唱著故鄉的歌，他的眼淚掉著，似乎感受到彼此即將分離。

隔天公司派了一紙命令，上頭清楚寫著要將哪些人解約，阿抗和他的名字明列上頭，一群人緊張地怕自己的名字在名單上，確定沒有自己名字的便安心離開。阿順看到自己的名字，眼淚瞬間就流出來，他不知道該拿什麼臉回去跟家人交代，他好想一頭撞死自己。

阿抗沒有說話只是安靜陪著他。

「阿抗，你說我該怎麼辦？」

「別擔心，不會有事的。」

「怎麼沒有事？我們要被解約了。你好了，你可以回家種田了，那我呢？我妻子兒子房子怎麼辦？我還不如在這裡死了算了。」

「阿順，不要說這些話，你的家人愛的是你，不要成為屍體回去，你會讓你母親眼睛哭瞎，你會讓妻子兒子少了依靠，哭哭撒嬌一下還可以，但不可以說這些話。」

外頭有嘈雜聲說著：「有什麼勞協的人和律師來了。」新聞記者擁簇著，一群勞工也上去湊熱鬧，勞協的代表人正在對媒體說明，阿抗一邊聽一邊翻譯，一會後開心地大叫：「有救了，有救了。」

「什麼啊？」阿順問。

「這個組織的人要求公司不能在司法調查期間將我們遣返，要我們以證人的身分留下來，目前已經跟政府溝通，要求公司停止這項不合理的命令。她還說有替我們請律師，有問題可以跟律師反應，會替大家打官司。」

阿順走向前，這一次沒有麥克風也沒有鏡頭，但他知道不說，可能下一次還會面對相同的困境，他多少理解了阿抗的想法。

「你好，我是台灣國際勞工協會並代表高雄市政府所聘僱的律師，敝姓林，林平和。」翻譯人員幫忙翻譯著眼前男子的話，林律師沉穩略胖但帶著一切沒事的笑容，讓人很安心。

阿順以中文簡單介紹自己的名字，和律師握過手，對方繼續問：「可以簡單說明你覺得不合理的部分嗎？還有哪些應該改進的？」

他邊說翻譯人員邊幫忙，律師點頭在紙上記錄著，和他晤談一段時間後，他總算覺得自己把心裡的委屈都清乾淨了。結束談話後，律師拍拍他的肩膀以不標準的泰文說：「一切都會沒事的。」

他點頭並如此希望，但還是不安地問：「有人說我們是暴亂，這個罪很重嗎？」

林律師開口，翻譯人員轉述：「他要你們別擔心，他們研究過這個案件，認為資方的問題很嚴重，包括你們宿舍如同集中營般的管理是『使人為奴隸罪』，門禁和限制行動是『剝奪他人行動自由罪』，強迫使用代幣和不准用手機是『強制罪』，電擊和毆打你們是『恐嚇危害安全罪』和『傷害罪』等，基本上這次的辯護會以你們是出於正當防衛而反抗，並非蓄意暴動，所以可以安心等司法調查。」

「那阿朋他們呢？聽說那天保險箱被撬開，財物有短少。」

那天他們護送幾名管理員離開辦公室，阿朋領頭帶了一群人進去，後來公司進行查點，發現辦公室裡頭的保險箱遭破壞，據說收在裡頭的一百多萬現金全不翼而飛。

「這個部分還要靜待司法調查，他們的部分要等調查結果出來才知道。」

隔了幾天，他們的生活如同舞台劇的換幕，阿朋還在警局接受調查，阿順被調到岡山，飯菜有了改變，連宿舍都安裝了冷氣，之前所有不合理的規定都被廢除，所有的新聞畫面都是他們笑得合不攏嘴的鏡頭。

這就是他們想要且真實的生活嗎？還是別人眼中希望看到的畫面？

他想問，但阿抗留在原本的宿舍，沒有人可以回答他。

阿順拿新辦的手機打給遠方的妻子報告一切安好，妻子說：「身體健康一切順利就好，我和兒子等著你回來。」

他摀著嘴只點頭，不敢讓妻聽到他啜泣的聲音，「再見。」他說。掛上電話，窗外的月亮和故鄉一樣皎潔，才想到忘了跟妻子說今天是月圓，他離家時，曾跟妻說想彼此時就抬頭看看月亮，月亮會把兩人的心連接在一起不分離。

他不知道阿抗現在好不好，阿朋是否能安然脫身，每個人都有自己的生活要過。事件過後，如律師說的，他們的生活獲得改善，伙食也由自己人組成委員來決定吃些什麼，他們依舊在地洞中工作，但已經慢慢感受到一切在轉好。偶爾路上有人向他們問好，要他們相信大部分的台灣人都是熱情善良的，同他們一樣。晚間的宿舍有故鄉的電視頻道也有收音機，他們大聲唱著故鄉的歌，彼此說著回國後的夢想以及要做哪些事。

每週末，他把自己打扮乾淨，請一起外出的朋友幫他拍張照片，兩三個月就將照片收集寄回家鄉，要妻別擔心這裡的生活，背景一切美好，連笑容都有夏日陽光的氣息，這是裝不來的表情，那一段不堪的往事都被蒸發了。

他還是關心著當初那些被監禁起來的同伴的消息，但後來的新聞卻將一連串隱藏在抗爭之後的弊端給拉了出來，原本只是他們的抗議事件引發社會關注外籍勞工的管理問題，沒想到因此發掘出高捷弊案，新聞嗜血地揪出暗處的臭肉嗅著咬著，有人因此辭職有人因而被告，有人是無辜，也或許有人是罪有應得。但不管怎樣，阿順想，他們當初的願望只是小小的、希望能被合理對待罷了。他們從來沒有要誰下台以示負責，真正錯的不是新聞畫面裡鞠躬道歉的勞委會主委，而是那間管理不人道的公司罷了。

隔年再出現相關的新聞，先前的公司對當初涉嫌縱火的一票人求償兩千萬，馬上又引起他們和台灣社會的議論，像是一場甩不掉的噩夢，那些管理規條和管理員的不友善嘴臉又浮上他的心頭。新聞一致批判這間公司不合理的舉動，最後前公司放棄兩千萬的追訴，而僅僅以求償壹圓做為象徵。但阿順知道這間公司不值得任何人為它付出賠償金，儘管只是壹圓。

再過不久，他三年的工作約就要滿了，阿順懷念家鄉那一大片的綠田、使勁奔跑的孩童、掛著笑臉的村民、慈祥多病的母親，還有嘮叨的妻，和會喊他爸爸的兒子，以及整建即將完工的老家，至於這個A7802，就把它留在台灣吧！

Y少年

哲浩有時想到自己可以平安活到這個年紀真是不可思議，生命裡總有許多殘忍和破敗的事一再發生，若不小心走入分岔歧路，恐怕就再也出不來，一如Y少年。人生像布滿陷阱的流沙地，走錯就永劫不復。大概從小缺乏父親的關照，哲浩總把眼光放在那些不拘小節，具有大剌剌個性，又帶點江湖氣息的大男孩身上，但他只敢遠遠觀察。他同那些和他一樣正值青春期的男孩不熟，他另有一群女孩朋友可以和他談心事聊生活。他和那些女孩在某條界線的另一邊討論男孩們，那些男孩結成陣線聯盟地對哲浩有敵意，似乎他一人獨佔了所有女孩，或是同女孩對他們碎語。等他發現時，已經糊里糊塗成了那些男孩的共同敵人。

有天一名女孩告訴哲浩要他小心，因為她輾轉從男友那聽到，其他男孩要找他麻煩。本來不以為意，一日補習班的同學要哲浩到廁所，說有事要跟他說，他跟著去，才開口：「什麼事？」整個人突然就倒在地上，發覺自己的右臉頰疼痛得厲害，對方聲音嚴厲地說：「有人叫我來警告你，你不要在學校太囂張。」哲浩完全狀況外，甚至在補習班，他還曾在多次考試中罩那名男孩。臉上那一拳是他初次面臨暴力加諸身上的痛楚。

最近新聞播報著校園霸凌事件，哲浩想起國中時期的往事，他很少告訴別人過去的這一段，因為故事離自己很近但離別人很遠，那痛徹心扉的感覺，若不是有過相同遭遇的人是無法理解的。即使跟別人講了，換來的通常只是不痛不癢的回應：「怎麼會這樣？」「真可憐。」「那些人真過分。」「你幹嘛記得這些，把它忘了吧！」「你都沒有尋求協助嗎？」

如果他擁有死亡筆記本，一定會翻開國中時的畢業紀念冊，把那些男孩一個個寫進去，並且充分發揮他的想像力來讓他們受盡折磨後才死，這樣才夠消除他的怨氣。也或許如那些恐怖殺人影片中的情節，由某人在小島上舉辦一場同學會，然後謀殺事件隨即席捲每個角色，死神隨時降臨那些人身上。哲浩在腦海裡流轉過這些念頭萬千次，他知道時間過去了，但傷還在，他不會輕易原諒那些人。可以的話，他也想以暴制暴，一度幻想那些同學的孩子落到他手上，那麼他會把他曾受過的還諸那些人的孩子身上。

但想像終歸是想像，想像無法拔除過去的痛楚。

哲浩了解自己沒有不夠勇敢但是軟弱，身體上的痛讓他懼怕那些人，縱使他身邊有許多女孩兒會幫忙調解，然而結果只是越容易激怒那些男孩。哲浩也尋求過師長和母親的協助，母親託過層層關係希望學校能幫忙處理，老師也耐住性子把那些男孩一個個叫來打點，但衝突卻始終沒少過，他成了所有男孩的標靶。哲浩對母親說想轉學，母親一直認為是他不夠堅強的問題，也可能是父親不在身邊所以事事依賴別人，導致同學關係不和諧。一個孩子怎麼能說服母親狀況不是這樣，這些比大人想像的更加嚴重數倍，那些問題像蛛線一樣將他黏住動彈不得，卻沒人可以幫他解決。哲浩曾經走上住家頂樓往下望，想著跳下去一切就好了。他一腳跨在牆外，卻沒有勇氣跳下，如果他走了，剩下母親一人在家裡守候尚在牢裡的丈夫，以及永遠回不來的兒子。哲浩最後還是哭著面對現實，面對恐懼，也面對疼痛。

哲浩不清楚自己怎麼活過來的，國中生涯他戰戰兢兢不斷在逃，畢業前夕女孩兒又洩密告訴他，那些男孩準備在畢業典禮後圍毆他，這是最後一次，所以會全體動員。當天不管母親怎麼說，他就是不肯出席典禮領獎，母親電話給老師，老師在幾十分鐘內匆匆趕到哲浩家，一再保證會讓他安然無恙，他才出門坐上老師的車。在車上，老師沒有說話，哲浩知道老師把他當成一個麻煩，但今天過後，他不會再是老師的麻煩了，他看著老師的側臉，但老師從離開他家之後再也沒開過口。或許老師心裡也厭惡他，所以那些同學才能那麼理直氣壯地以他為目標，只因為他和女生玩在一起？只因他的父親在監牢？還是因為察覺他與他們之間隱隱的不同？那些愛慕的視線最後都變成挑釁，閃躲的眼神變成不屑，他用愛換來誤解與被傷害。

畢業典禮漫長得像沒有止境，領獎的人輪番上台，他領了獎和校長合照卻沒有笑容，他恐懼典禮後未知的狀況。等下台回到座位時，他隱隱聽到「等一下給他死！」「他以為他是誰？有老師做靠山喔。」「沒想到他不驚死，今日還敢來。」「你們顧前門，我們顧後門。」哲浩不知道這些話語是真的存在過，或者是自己想像出來的，或許夢境中把現實和潛意識的恐懼給混雜成一鍋。典禮結束各班帶開，老師說了幾句感傷的話，一些女孩哭了，男孩也哽咽著，互道珍重再見後，老師要他們路上小心。

班上同學走光了，哲浩留在教室裡，老師問：「怎麼還不回家？不會來時要我接送，回去還要我載你回家吧？老師等會還有事，你家離學校不遠，你平常不是都自己走來嗎？等會回家自己小心點。」老師沒等他回應就離開教室。

哲浩知道這教室成了一個空籠子，他不離開就會被困在這。他跟著老師走了出來，隱隱約約發現樓梯、轉角、某間教室裡，似乎都藏著惡意的眼睛。他保持距離跟在老師後頭，小心翼翼地前行，怕被人突如其來地攻擊。突然，母親從樓梯間踩著高跟鞋蹬蹬蹬地出現在眼前，母親問：「我在校門口等你，都沒有見到你，害我緊張死了。」

「你今天不是要上班嗎？」

「請兩小時的假過來，想到你早上的樣子，讓我心臟一直怦怦跳，沒有辦法安心上班。走吧。」

他跟在母親身邊，低著頭眼淚撲簌簌地掉，地上留了一圈圈的水印，藏身在校園各處的男孩們從草叢裡、廁所裡、教室裡、掃地工具儲藏室裡、水桶裡、水溝裡、樓梯口……冒了出來尾隨著。他坐進母親車內，母親緩緩將車開出校門，他看見那些男孩尋找他蹤跡的樣子，覺得好滑稽，但卻笑不出來。他隔著黑車窗揮揮手，母親或許以為他只是跟同學招呼說再見。聯考成績把他和那些男孩隔開，他和那些男孩不會再相見，也不會再有糾紛，那些男孩或許會忘了哲浩的面孔，但哲浩知道他會牢牢記住那些人。

時間持續在哲浩身上轉動，他讀大學、談戀愛、失戀、到台北任教、戀愛失戀戀愛失戀，讀研究所，戀愛失戀。

迎接完千禧年，世界依舊轉動，但也有人的世界莫名停止，Y就是。他隨研究所指導教授去南部拜訪Y的家長，哲浩想說也很久沒有返家，遂陪同教授南下。路上教授不斷對他說明這個離奇死亡個案的狀況，教授手中不知道從哪裡來的各方資料，拼湊出一本繁雜的霸凌事件簿。Y因為個性陰柔，在學校裡常引起別人側目而遭欺負，往往不敢在下課時上廁所，免得被同學嘲弄，只得在上課期間跟老師報告獨自去上廁所。然而卻在某日課堂中去上廁所時死亡，引起他殺、自殺、謀殺等繪聲繪影的臆測。

「你有被霸凌過的經驗嗎？」教授問。

「沒。」哲浩說了謊，就算有相同經驗的人也無法幫他分擔什麼，一切都要靠自己消化，他沒有辦法假裝那些事情不存在過，就算傷痕隨著其他記憶的堆疊，變得沒有那麼明顯，但哲浩始終不明白他傷害過誰，為什麼那些人要這樣傷害他？

他想到某一天午休後回到任教的班上，一群學生圍在書桌旁發出尖叫驚呼，他湊過去看，一隻白老鼠以四肢展開的方式被釘在一塊薄木板上，袒露出來的粉紅肚皮被分成兩邊，紅著像開口笑的傷口，赤裸裸呈現出內臟，白老鼠無力地喘息，但心臟卻劇烈跳著。「你們在幹什麼？」哲浩感覺聲音不像自己的，粗礪而發抖著：「是誰准你們做這個的？」

他通知家長，家長認為孩子對學習充滿好奇不算壞事，哲浩隱隱覺得真正病態的或許不是那些學生，而是不斷認為自己孩子正常的家長。那些家長有病，孩子自然被傳染，也不會好到哪裡去。

「怎麼了？」教授打斷他的思緒問。

「我想到，從理論上來看，會霸凌的學生大都是要靠這些行為來引起同儕的注意和認同，那些人喜歡操控別人，換個角度想是有領導特質的人，知道該如何一步步煽動別人來參與欺負的行列。當班上出現這樣的行為，最無力的應該是老師，一方面覺得霸凌現象絕對不可能立即斷絕，另一方面受霸凌的一方可能會持續向校方老師反應，而引起處理者的不悅。畢竟誰能心平氣和去面對每天都一樣的問題，我想老師一定也把Y當成是班上的頭痛人物吧，所以我覺得這所學校老師也算是共犯結構的一部分。」

「或許是也或許不是，說不定老師已找出一個平衡點，這個狀況即將逐漸轉好，只是Y很不幸地發生了這個事件。」教授說。

「那個時間點不會來的。」

「身為一個教育者，你要有學生會變好的決心和期待，你的想法可能會不知不覺影響到班上的孩子而不自知。老師從以前就覺得，你很逃避霸凌這方面的議題，乍看之下，好像很重視學生遭受霸凌的問題，但解決過程中遇到挫折就很容易無作為。所以老師才問你……」

「老師我可以問你一個問題嗎？」

「請問。」

「如果班上一個同學因為他的品行不好，所以其他人不喜歡他，這些人都不約而同沒有誰去策畫地同時討厭這人，那這個人是自己活該還是無故遭受霸凌？」

「或許是A原因導致B結果，但後來B結果卻會造成更大的C事件。你剛剛的舉例，好像是因為這位同學的個性A原因使然，造成同學不喜歡他這個B結果，但接著同學可能會聚集在一起說這位同學的壞話，或是暗地排擠他，就容易造成真正的C事件，也就是霸凌行為。輔導問題同學融入班上氣氛，也是杜絕霸凌的方式之一。」

「老師，我沒有惡意，但理論和實地的教學經驗真的會有差距。」

「的確是這樣沒錯，與其想要怎麼用理論，不如讓學生感受到老師真正愛他們的一面，擁有愛的學生就不容易傷害別人。」

「怎麼做？」

「我記得以前我的老師最喜歡在課堂上哄我們說：『老師最愛你們了，你們要好好做人。』一開始我沒感覺，久了我像被催眠一樣，覺得老師真的愛我們，再來我就為了愛老師而盡力在他的學科上博得好成績。很多家長給的愛都是你成績很好、你很乖，所以我愛你，但那是有條件的，你要沒有條件地愛學生，才有辦法影響他們。」

哲浩這才了解自己最大的問題就是無法愛人，那又怎麼教會學生愛呢？

到了目的地，教授和學校的老師做了詳談，哲浩在一旁幫忙記錄，哲浩聽著學校方面不斷地撇清關係，在在讓他想到過去的時光，他的老師也一再跟他的母親保證盡力處理這些事情了，老師暗示著可能是哲浩個性的關係使然，母親只好邊道歉邊繼續拜託老師幫忙。哲浩可以想像，Y的母親一定也像他母親一樣吧，只是他比Y幸運多了，因為他還活著。時間不會在Y身上轉動，Y無法讀高中大學、談戀愛、失戀、讀研究所、戀愛失戀戀愛失戀，戀愛，失戀。

學校的老師帶教授到事發現場，哲浩在輔導室時看Y的照片，覺得和自己那時有點雷同，憂鬱驚恐的眼神，老師解釋報章雜誌可以看到的內容，哲浩心裡大喊著：「這都是脫罪之詞。」

離開學校後教授說：「明天我有一個私人行程，後天要去見Y的母親，你就先回家好好休息吧。」

哲浩覺得疲累，把自己拖回老家，父親不在，只有母親，望著母親在廚房孤獨的背影讓他很想哭。母親問他要吃些什麼，他只回答想先去休息。一閉上眼，他就想到Y少年不幸的遭遇，照片畫面感太強烈，似乎看到他也淚流滿面出現在夢裡。他看見態度扭捏的Y站在一旁，「怎麼了？」他問。

Y沒有回答。

畫面被置換回他國中時刻，那些男孩們刻意在教室外來去，像是叫囂地說著：「不要以為老師罩你就那麼囂張。」放學後一些男孩們刻意推撞他，瞥了他一眼說：「幹！不爽喔？」畢業典禮那天，那些男孩大陣仗地在校門口準備堵他，夢境中母親沒有出現，他像老鼠不知該往哪裡躲。畫面像被抽換，Y一人坐在教室裡，那些被塗黑的人圍在周遭嘴裡說著：「娘娘腔」、「人妖」，用立可白在Y的書本塗上「變態」兩字，他隨著Y的身影走出教室到廁所，一些人推Y，一些人試圖脫Y的褲子，更多人在一旁圍觀笑著。只有他在夢境裡大聲怒吼：「不要笑。」

醒過來，汗濡濕了被單。他被自己大吼的聲音驚醒，夢裡氣氛的情緒未平復，哲浩發抖，不知是害怕還是氣憤。他想著自己在學校，也厭倦了學生一再地來對他打小報告：「某某某對我怎麼樣。」每日每日，他的生命被虛耗在那些枝微末節中，他突然可以體會國中時老師對他的眼神，那種把他當成麻煩的眼神。自己是不是也曾在某些疲累時刻，對求援的學生釋放出一樣的眼神？只因為自己現在懂得多，有足夠的支援可以應付人生瑣事，所以才不把學生的問題當成一回事？

他細細想著自己到底有沒有虧欠哪些學生？班上沒有霸凌，但偶有爭吵，就像那些青春期的胡鬧，誰為了對方說錯什麼話不理對方，誰因為什麼嫌隙而減少互動，那些層層疊疊是否也隱藏霸凌或真的是霸凌。哲浩打開筆記型電腦，寫著：

親愛的同學們：

很抱歉這封遲來的信。老師相信你們最近在新聞上，應該都看到了Y同學的事件，他是位外表陰柔、在校常受排擠或欺負的學生，Y沒有犯過什麼錯，卻在意外中過世。或許傷害過他的那些同學覺得這僅是意外，事不關己；或許覺得跟這事件有關聯而深感抱歉。沒人知道那些學生的看法，除了他們自己。但失去孩子的母親肯定是最受傷難過的。

老師因緣際會來了這所學校，見到了Y的導師、主任、校長，甚至來到Y發生意外的廁所。學校裡瀰漫著一股不作為的氣氛，好像大家都努力幫助過Y，但遺憾發生了這件事情的感覺。

老師先說一個故事。曾經有一個小男孩，同你們一樣年紀的時候，他在學校時不喜歡運動，安靜，常和一些女孩相處，久了就遭到學校其他男同學討厭，那時小男孩不知道該怎麼處理，他跟母親求救也跟老師反應過，但事情沒有根本的解決，那些男同學還是找盡機會欺負他。一個小男孩還能有什麼辦法呢？他該做的都做了，像被困在沒有出口的洞穴裡。有一天，小男孩決定去死，但他想到自己的母親，想到支離破碎的身體，他退卻了，但他告訴自己，要長成一個可以讓別人依靠的大人，成為一個可以讓學生信任的老師。

很老哏的故事，那名小男孩是你們現在的老師，也就是我。老師認為自己不夠可靠，或許你曾經遭遇過相關的問題，而老師也常想把大事化小、小事化無來息事寧人，但這次探訪Y的老師的經驗告訴我，這是錯的。當學生犯錯形成霸凌行為時，我們誰都要勇敢地出來勸誡同學說：「這是不對的行為。」——

老師想到納粹時期一位叫做尼莫拉的倖存者，他是牧師，寫過一段很有名的話：「當納粹追捕共產黨員時，我保持沉默；我不是共產黨員。當他們把社會民主主義者下獄時，我沒說話；我不是社會民主主義者。當他們迫害工會成員時，我沒站出來；我不是工會成員。當他們將猶太人關入集中營時，我也不表示什麼；我不是猶太人。而當他們來抓我時，已經沒有人能站出來替我講話了。」

各位親愛的同學，沉默不是中立，是同謀。

每個人的生命都值得被尊重，應該被了解、被接受、也被愛。或許你們不夠清楚該怎麼做，沒關係，因為老師也有不懂的地方，讓我們一起努力一起學習，不要讓Y的憾事發生在你我周遭，或發生在更多人身上。

當你傷害同學時，想想，你願意這樣傷害你的手足嗎？當你見到同學被傷害時，想想，你願意你的手足被別人這樣傷害嗎？我們是一個班級的一家人，誰都不應該去傷害誰或被誰傷害。

不管如何，老師很抱歉或許之前我忽略了誰的感受。如果你願意，或許也可以寫封信告訴老師，或是來找老師談談，不要讓這些事情又發生在誰的身上。每個人都是父母心中獨一無二的寶貝孩子，父母見到你們受到傷害，就如同被刀割一般難受。不要讓自己父母難受，也不要讓別人的父母難受。

祝

生活平安且愉快

最愛你們的老師筆

哲浩蓋上電腦，打開架子上國中畢業紀念冊，自己班上許多同學的臉都被塗黑，那些被塗黑的都是他再也不想見到的人，只是閉上眼，那些臉孔依稀還是辨識得出來。他知道自己再也回不去過去的那段時光，為自己做些什麼，但，還可以為自己的學生努力些什麼。現實生活中不會有死亡筆記本，也不會有柯南或金田一的小島邀約殺人事件，就算學生是那些霸凌者的小孩他也不會報復，只要能少了一個像他、像Y一樣遭遇過霸凌的孩子，只要孩子快樂成長，那一切，都好。

阿美！阿美！

他的父親是株植物，活在家中。

母親是家裡支架，卻也老透。

整個屋子內剩下父母、他，還有幫忙照顧父親起居的菲傭。

母親喚她阿美，台語發音聽起來像母親學貓叫或喚貓來，阿美總會尋聲盡責現身。一個家卻好像容不下兩個女人，母親對阿美頗有微詞，一直覺得阿美沒有辦法達到標準。他了解自己的母親，母親總是標準過高，不管誰來負責，最後的下場可能都差不多。而且母親搞不清楚他替父親申請的是家庭看護工，對於要求照顧病患之外的其他工作都算是違法使用，但母親總是把阿美當成家庭外籍女傭來使喚。阿美待人客氣，也不生氣，笑笑地順從母親所有需求，也因如此，他每月多給阿美一萬元零用金，每逢假日除非工作走不開，不然一定親自照顧父母，讓阿美好好休息。母親抱怨：「我那個時代，家裡傭人只有過年時節才放假，現在那麼好，週週休，厝內的工作是做完了嗎？那麼悠閒？還可以遊山玩水。」

「媽，阿美的工作就是專門照顧爸，那個洗碗、洗衣、煮菜、打掃的工作不是她該做的啦，她願意多幫忙，真的要好好感謝她了。」

「時代不一樣了，現在是付錢的人去感謝賺錢的人。」

「是啊，媽，多一個人幫忙照顧爸，妳也可以輕鬆一點。而且證嚴法師不是說『不辭勞苦的付出，便是慈悲』，你看阿美不是每天都很努力不偷懶，這樣妳算很有福氣了。」他知道母親的個性，刀子嘴豆腐心，只要搬出母親信服的證嚴法師或聖嚴上人那一套，母親就會服服貼貼。

他邊幫父親按摩腳邊跟母親說話，母親轉頭說了一連串的日語，父親還是沒有回應，靜靜地看著天花板。從小，母親有話跟父親說時，習慣用著他和弟弟或外人不懂的語言，母親叨叨絮絮，說完好長一個段落，才會停止。從他懂事以來父親就是這個模樣，以前他好奇父親為什麼都不說話，青春美麗的母親說：「你阿爸在發呆。」

一年四季，父親總在發呆，年輕母親僱了長工照料田裡的農事，也請了鄰近婦人來幫忙照顧家裡和父親，清晨帶父親到厝外曬曬日頭，若是遇到壞天氣，則倚靠門內牆邊聽風看雨。時間過去，父親依舊，他和弟弟的身高拉長，青春年少輕鬆跳過，而家業也在母親的掌控下越來越興旺，從農作到經商。弟弟從小就黏著姑姑，母親管不住，索性將弟弟過給未嫁的姑姑照料，於是兩兄弟分住兩個家。母親總說弟弟個性火爆激進，沒有父親的家裡是壓不住他的，但姑姑有本事，肯定可以把弟弟帶得好。母親將心思放在他一人身上，他只好全力衝刺，怕母親難過，怕別人瞧不起他，一直到正式在律師事務所執業才放慢腳步。

而一回頭，才發覺弟弟已經有了自己的家、母親已老而父親還是老樣子，有一陣子父親像是活過來，不斷地躲在暗處裡寫著字，那些文字卻沒人找得著，父親防止任何人接近，把字寫得極小極小，幾乎眼睛都貼到紙張上。母親和他趁父親睡覺時找遍住所，沒人知道父親將那些紙藏在哪。父親寫了好長的一段時間後，突然又不寫了，靜靜地又變回一棵植物。他常想，父親等待死亡降臨，母親等待父親，他和弟弟又等待著父母親能好好看上他們一眼。弟弟好早前就放棄，只有他還堅持。

這幾年，他把自己等老，母親看起來精神還可以，但父親卻更像枯掉的植物，整個人癱在床上動也不動。他申請家庭看護工，阿美來了以後，家裡變熱鬧多了。阿美只有二十出頭，喊他老闆，對他父母則阿公阿嬤地叫，他想想自己這個歲數，如果有家庭有小孩，孩子也該這個年紀了。好多年來，一直有人說媒，一再錯過的結果就是自己孤家寡人，照顧父母成了他人生中最重要的事，現在有人分攤，他有時反而不知該怎麼打發自己的時間。外出時總會見到許多外籍看護推著輪椅，輪椅上有不同的老人，有的打盹、有的笑著、有的面無表情、有的則碎念著。那些外籍看護和阿美的歲數差不多，老人像是她們的寵物或孩子，安靜在一旁，而她們似乎依照國籍選在不同角落交換情報。傍晚，他散步到文化中心，見到更多外籍看護在廊底的陰影處，他站在二樓的圖書館入口處往下望著，心裡想著每天的每天，這些老人要聽那麼多遍的印尼話、菲律賓語或泰文，那些老人是否已聽懂外籍看護討論的究竟是什麼呢？

他想想自己年紀也已六十，或許再過不久，就換他躺在輪椅上了。只是他沒有孩子，沒人替他處理這些事，幸好他是律師，早替自己處理好信託，不怕自己真發生了什麼事，沒人照顧他或他父母。他了解弟弟有自己的家庭，況且他也怕麻煩到別人，能自己處理好就好。他還小時，母親就告訴他家族的故事，他血液裡有著父親的血，弟弟成了革命的實踐家，他則成了公理的追求者。年輕時他忙著掙錢，公平正義對他來說只是額外的工作，如今不需要再為三餐煩惱，他回過頭來義務服務許多團體和個人。每個人總有許多故事，去年為了高捷外勞抗暴事件，一些法律辯護還在處理中，他了解這些人離鄉背井都有各自的心酸，只是很多人還是老大心態地看待外籍勞工。以前台灣不自由，現在台灣真自由了，卻又自由到把權力放大而把許多人困住。

某個週末晚上阿美回到家，囁嚅地說：「老闆，有沒有空？」

阿美平常不會叨擾他，只有真的遇到難處了，才會開口。他認真地問：「怎麼了？」

阿美用著語彙有限的中文夾雜著英文，詳細說著一名嫁來台灣的同鄉女子因丈夫外遇，丈夫強迫她朋友離婚，但她朋友身分證還沒有拿到，且又沒有辦法提出曾遭受家暴的證據，夫家強勢地不給予孩子共同監護權，等於是逼她朋友被遣返回國，種種不利的條件逼得她朋友無路可走。阿美說：「老闆，可不可以幫幫她？」

平和了解這個狀況，他服務過許多案例，都是大同小異，一樁買賣似的婚姻，兩造雙方或許各有想法，最後不歡而散，而吃虧的往往是外籍配偶，沒有身分證，難以找工作，難以申請居留權，這些問題一個環節扣著一個，常把這些弱勢的外籍配偶困住。

「妳朋友住哪裡？」

「前鎮那邊。」

「有她的聯絡方式嗎？」他問。

阿美拿出準備好的紙條，上面寫著對方的姓名拼音和電話。

「明天我有空，妳再請她過來家中坐坐。」

「老闆……」阿美欲言又止：「我朋友問說請律師要多少錢？」

他笑笑，搖搖頭說著：「錢的事情不用擔心，我先了解整個狀況，看看案子怎麼處理比較重要。」

錢？他早就不需要再為錢工作了，現在做的只是為社會盡一份心力。母親口中的父親不畏強權，用筆來戰鬥，最後落得痴呆的下場，但在母親心中是永遠的英雄。他沒有妻，母親的英雄只有一個，他只能努力讓自己成為別人眼中的英雄。他為弱勢族群戰鬥，有時戰場上他也會戰敗，但那些人仍緊緊握住他的手，謝謝他給過的支援。有時同業的人會在背地裡酸他，說他年紀一把還沽名釣譽，話語可以是槍，一槍就斃了他。即使他死而復生，就算每次死去還是會痛好久好久，因為還有好多人等著他來救。

他想如果母親知道一定會念他：「那麼辛苦是為什麼？甘有錢賺？」

從小，母親就是天，一刻閒不下來地指揮這指揮那，似乎死命對抗著什麼，母親停下來只有罵人和睡覺的時候，或是，與父親獨處的時候。母親那時會一人跟父親說上許多，有時他躲在柱子後靜靜聽著那些不懂的日語，他覺得母親很辛苦，只有自己早點長大，母親才能好好陪父親。母親不讓他和弟弟參與家務，要他們專心讀書，他聽從母親的話，鎮日面對著書，而弟弟卻整天往鹽埕區找做生意的姑姑。弟弟喜歡花花世界，有勇氣，肯往外，他卻害怕母親口中的外面世界，彷彿沒有好人存在，母親覺得可靠的只有錢。

錢，他都有了，沒有辦法帶給他更多，卻能讓母親安穩滿足。

他坐在書桌前研究手上的案件，年紀越大看那些卷宗就越傷神，他摘下眼鏡抓抓眉頭試著放鬆自己，但轉瞬想到，他或許可以等，但很多個案不能等，時間一拖延可能很多事情都會改變。他和一些社團組織、婦女團體一直希望推動外籍與大陸配偶的相關配套措施，許多女性幾乎以被買賣或欺騙的方式來台，面臨到文化、語言以及想像中的差距，常讓她們求助無門。他想著從民國八十一年開放大陸配偶來台，許多問題卻遲遲未解決，許多外配的孩子已經長大，那些外配還要額外面對家庭和教育子女的問題。

革命尚未成功，他及那些同志仍須努力。

他走出房門，習慣睡覺前看看父母狀況，確定安好才放心回房。母親漸老，父親加上母親的照顧已經超過他的能力所及，家裡有了阿美來幫忙後，他的負擔少了許多。阿美強壯，不比男人差，能一人撐起他的父親及所有生活事項。他感恩阿美，不把她當成看護或僕人，簡直把她當菩薩。

阿美臉黑，五官深邃，對人客氣，肯做又肯學，國台語雙聲帶，應付他的母親和生活大小事綽綽有餘。鄰人有時跑來家裡和母親閒聊，碎語著阿美好像和巷口賣麵的阿虎有說有笑，母親聽了就對他抱怨：「查某人沒查某人的款。」

他幫忙說著：「阿美人聰明又會說話，人見人誇，阿虎不是還沒娶，如果娶她當老婆也不錯。」

「娶一個黑面的，這樣好嗎？生出來會不會阿達阿達？」母親說。

「不會啦！根據研究，混血兒的智商還要更高，那是因為目前政府沒有提供那些外配一些教育和就業機會，如果政策更完善，台灣只會更好，更何況現在的人越生越少了。」

「所以你要好好檢討了，都這個歲數了，也沒娶一個生幾個。」

「媽，我都這個年紀了，不用啦！好好照顧你們比較重要。」

「有阿美在，免你煩惱，有尬意的查某還是要積極點，知道嗎？」

他點頭，自己心裡明白早過了結婚生子的年紀，若能找個人安穩生活他就滿足了。每逢過年過節，見到弟弟起義帶著弟妹和侄子返家拜年，有時真想把自己躲起來。

隔天，阿美帶來朋友名喚珍妮，對方國語說得流暢，把前因後果一把眼淚一把鼻涕地說，珍妮問平和：「律師，你說我該怎麼辦？」

「根據我手上的案例，目前最重要的是要先找到一份工作，有了工作，可以讓自己在打官司上面比較有利一點。可是就算有工作也要考量有沒有多餘的經費讓小孩托育，以免妳工作時沒人照顧小孩。」

「小孩我可以帶在身邊，自己邊工作邊照顧。」

「這不行，簡單地說，就是妳的收入夠不夠付保姆費，如果不夠，法官可能不會將監護權判給妳，會覺得這會影響小孩的成長。」

「我目前有一份工作，之前小孩都是婆婆在照顧……保姆費……不知道要多少？」

「我目前有個簡單的想法，或許可以用姊妹合作社的模式，大家來互助，有人擔任保姆或共同支付金額來僱請保姆，一方面可以創造就業，另一方面也可以減少保姆費用支出，這樣多多少少在打官司上比較有利。」

「可是強迫離婚後，我婆婆就把我趕出來，還說如果我再靠近家裡，就要提報我是非法居留人口。」珍妮說完就哭了。

「離婚超過十天了嗎？那妳現在住在哪裡？」

「已經三天了，我先住在小旅館，接下來到底該怎麼辦，我也不知道。」

「不要緊，還有一個星期可以處理所有事項，應該沒什麼問題。」

「律師，我不奢求留在台灣了，真的，讓我和小孩回去菲律賓也可以，我只要小孩。」珍妮說話時斷斷續續哭著，連原本要安慰的阿美也跟著痛哭，平和紅著眼安慰：「先取得孩子的監護權再說，要不要留在台灣，妳再自己決定。」

平和告訴珍妮隔天要申請哪些資料，交代清楚後，回到自己的律師事務所，吩咐助理收集相關的資料準備應戰，所有事情像被反置的沙漏，時間不會等人，等沙粒漏光，那些人就會被強迫離開台灣。他與她們一起同時間賽跑，有時他覺得自己年紀大得跑不動，但那些眼淚就是浪潮，追著他不得不再多抬起一個腳步奮力往前跑。

晚上回到家，母親說：「阿美和巷子口那間麵店老闆阿虎，每週末都走很近，這樣會不會影響到她工作？」母親擔心地問。

他也注意過，阿美越來越勤於跑麵店，有時他也會在巷子口看見阿美和小老闆有說有笑，他猜那是戀愛，看見兩人的笑臉讓平和也覺得幸福。那些離鄉背井的外勞或新移民，總是要比別人辛苦一點，加上許多人的刻板印象，更讓他們在台灣的生活倍受艱難。阿美那個年紀的小女孩，可能什麼戀愛都還沒談過，就已經來台灣賺錢。早年外籍看護還少，她們的朋友也少，近年，不管哪間大廈都會出現許多外籍看護或外籍女傭，彼此交換生活大小事以及辛酸甘苦。平和總主動給與笑臉和招呼，久了她們也熱情對待，平和常想：或許自己的一個小小舉動會讓她們感受到台灣人的溫厚，不再因為聽到哪個朋友遇到不公平的對待之類的事件，讓她們覺得台灣不是可以久安之地。

「媽，不會啦，我看那個老闆人很親切，做事也很認真，生意也很好，現在是他和他媽媽兩人在做麵店生意，如果阿美和老闆談戀愛嫁過去，也是不錯啦！」

母親突然沉著臉說：「如果真的這樣，你爸要靠誰來照顧？阿美做事那麼勤奮。」

「媽，我就說妳『嫌貨才是識貨人』，現在才知道阿美的好喔？」

「我知道啦，總是要盯緊點，有好習慣，以後她去外面做事才不會吃虧。」

「有啦！阿美做事真的可以被探聽的。左鄰右舍、樓頂樓下的厝邊誰不知道，難怪麵店老闆那麼喜歡她。」

「如果阿美真的嫁掉了，那以後誰來照顧你爸？而且我不習慣……」母親遲疑後才老實說：「也會寂寞啦！」

「媽，聖嚴法師說過『幸福不是一種獲得，而是來自於放下』，阿美那麼好的人，她幫了我們家那麼多忙，妳好好祝福她，她可以幫助更多的人。爸那邊我會申請新的看護，妳不用擔心。阿美都是我們一家人了，有那麼好的事情要替她開心才對。」

「好啦！不然我問問阿美，如果她真的也有意思，你去幫她說媒啦！」

「媽，妳去就好，薑是老的辣。人家阿美是真的把妳當成自己阿嬤，把爸爸當成阿公照顧，妳如果說要去替她說媒，她一定會很高興。」

「你喔，不能交代代誌啦！好啦，我自己來。」母親抱怨中帶著喜孜孜的語氣。

他領著她們跑在時間前頭，珍妮順利取得孩子的共同監護權而留在台灣，但並非手上個案都那麼順利，有的先被遣返回國，只能按照正常程序來台探視孩子，或是繼續打官司。這些都是漫長的過程，平和不知道制度何時才能改得更完善、更符合人性和時代變化。

阿美結婚，母親邀請阿美家人從菲律賓來觀禮兼遊玩，婚禮當天，母親穿得紅吱吱坐上媒人桌，還打了金項鍊，把阿美當成自己孫女嫁出去。阿虎對阿美讚譽有加，還半開玩笑道：「阿美有律師老闆撐腰，我一定會好好照顧她，不然她回去抱怨我就慘兮兮。」

賓客笑著。

平和又申請另一名外籍看護，在等待對方來台灣的時間，阿美還是回來幫忙照顧平和母親和父親，嘴裡依舊喊著：「老闆、阿嬤、阿公。」母親也把阿美當成自己孫女，平和覺得一切安好，彷彿多了好多家人，那些他曾經幫忙過的個案，也三不五時帶自己的孩子來分享近況。平和習慣包個紅包給阿美，多少可以幫助阿美菲律賓的老家，阿美把錢轉手捐給在台灣工作有急需的同鄉姊妹，另外加入社會局的義工服務幫忙翻譯，也在家裡麵店幫忙，一人化身三頭六臂，不斷忙著。阿虎的麵店也多了菲律賓口味，生意更是好上加好，於是擴展店面也聘請了一些面臨官司的外配，讓她們有個暫時的棲身之所。

平和從來沒想到，看起來小不隆咚的阿美可以做那麼多事情，而且所有事情都做得有聲有色。幾個月後，平和申請的新外籍看護來了，阿美說自己是學姊會好好指導學妹，所有細節她都詳述，新外籍看護莉莉像剛來的阿美一樣，睜大著眼直點著頭。母親還是一樣刀子嘴說著：「看起來就不靈光，我看還是換一個好了。」

「媽，上人不是有說過，『愛不是要求對方，而是要由自身付出』。我們對莉莉多付出點，她就會對爸爸更盡心，這樣妳也不用那麼辛苦，而且就像阿美一樣，妳等於又多了一個孫女。」

母親沒再多說，只是靜默喝口熱茶，像打定了什麼主意。

他摸摸床沿的父親的手，又拍拍母親的腿，阿美突然開口：「阿嬤，我有了。」

母親放下茶杯開心地問：「幾個月了？」

阿美手比四，母親要阿美坐下，又叨念幾句：「剛懷孕要安胎，不能這樣整天往這裡跑還在麵店幫忙，妳要多休息，知不知道？」

阿美笑著點頭，說著：「阿嬤，我和我家阿虎討論過，檢查結果出來是女的，我想把女兒的名字取做『念蘭』，感謝阿嬤那麼照顧我們。」

母親害羞說著：「這樣不好啦！」

「媽，好啦！這是阿美的好意，而且妳要做阿祖了，人家國外都是阿公是查理斯，爸爸就是查理斯二世，小孩就是三世。曾孫女有妳的名字以後，就會跟妳比較親啦！」

「阿美，妳決定好就好啦！」母親拍拍阿美的手，泛著淚光說著。

野莓之戰

起義熟悉雜誌也幫忙運作黨務，家庭顧得少，一條線與家庭若有似無牽動著，雖平淡卻也無事。原本以為現在流行的二奶或小三話題肯定與自己絕緣，但就像人常說的不要鐵齒，日久生情在所難免。黨部來了新的女助理，與他特別投機，聊起話來天南地北，話題像棉花糖機般繞出許多糖絲，兩人鎮日甜膩膩，話題色彩也繽紛。一開始只認定是紅粉知己，卻漸漸變成桃色情人，顏色一旦染上，就像白襯衫上的黑點污漬，褪不去了。他總有許多藉口可以外食、可以晚歸、可以外宿，他的謊話有時拙劣到連自己都心虛，卻不知道妻子會怎麼想，是早就知情還是毫無所覺？結褵數十載，什麼苦都過來了，現在自己沒有苦，自然感受不到當初夫妻患難與共時的同舟共濟感，和人同船幾十年也讓人膩，於是悄悄搭上了另艘船暫時離去遊樂一番。

起義和小三走得近，黨內對桃色糾紛最敏感，黨的形象永遠在個人私慾之前、之上，一堆熟悉內情的人輪番上陣要他多想想，不然可能有了新歡卻保不了舊工作，況且狗仔新聞、八卦雜誌盛行，哪天他就會成為新聞版面的最佳男主角。他最擅長的就是分析評估，想想自己只是貪圖刺激，卻可能讓自己再度一無所有，而且敗光全部政治資產和後盾，這是他用數年監牢人生換來的酬勞，如果敗在美人裙下，那麼只會換來他人訕笑和不解。最後起義搬出一堆漂亮話語把小三打發掉，平平靜靜，船過水無痕。直到女助理又黏上別的有婦之夫，他才真的感到安心，心裡也埋怨這女人多情必無義。

他總想到從小照顧他的姑姑，在那麼多男人之間來去，卻沒有好歸宿，最後草草嫁給鮐背男人做續弦。姑姑死賴著那老男人，就是賭對方比自己早走一步，這樣男方財產可以讓她接下來的生活不愁吃穿，最後姑姑長年的菸酒早就把身體敗掉，反而先入了院。起義固定到醫院探望姑姑，姑姑對他說：

「從小你和姑姑最親，我也把你當成兒子來養，姑姑死了，把我迎回家中祖先牌位裡放，姑姑離家太久了，從來沒有真正有過家的感覺。」

姑姑拖了病體好一陣子，時好時壞，好時可以和他談笑幾句，壞時幾乎意識全無只能昏睡。他知道姑姑不服輸，覺得老天爺欠她好多，起義在病床旁握著姑姑的手說：「姑姑，妳放心走，妳交代的事我一定會做到。下輩子妳一定會投胎到好人家，這世就放手吧！」那天外頭原本還是風和日麗，卻一轉瞬颳起大風，起義才轉身去關上隔壁病床打開的窗戶，再回來，姑姑已經往生。按下急救鈴，起義癱在病床旁的地板上痛哭。

姑姑死後，他返回大哥平和家與母親春蘭討論，母親雖然與姑姑好，但對於人情世故卻有自己的堅持，母親說：「哪有嫁出去的人，牌位要放在自己本家的，當然是由夫家那邊來拜，這才合理。」

大哥平和說：「媽，時代在變，這些細節不用在意啦！而且人家不是說死者為大嗎？姑姑有意願回來團圓，這是好事……」

「你講這是什麼痟話？我活著時就不准啦！這話傳出去會被人笑話。」

「媽！」平和說：「不然搏杯來問問祖先的意見好了，祖先若是應允，媽，妳就別反對了。」

母親沒有回話，大哥拿起筊杯合掌，口中念念有詞後往下一丟，是笑杯。再擲，仍是。又擲，還是。一連三次後，平和說：「起義，過兩天再來問好了。」

「我不信，我自己來問。」起義搶過筊杯，心理忿忿著投出，是哭杯。再擲，仍是。又擲，還是。一連三次後，起義哭著說：「姑丈那邊是基督教，姑姑說姑丈不可靠，逼她受洗，她就算死也不過去。姑姑已經像是我媽一樣了，她說想回家，難道要我讓她做孤魂野鬼流浪在外嗎？」

「起義啊，在外面買個塔位放吧！」春蘭勸。

平和跟著跪說：「各位列祖列宗，求求你們。」急忙丟出筊杯，還是一連三次笑杯。

起義不再求，心想反正他也算分家出去的人了，自己早是一家之主，什麼都可以做主，何必求人，何況是鬼。自己家中擺個神桌，重列自己祖先第一人就是，從此姑姑就是血脈起源，誰也不能說不。

隔了兩天，大哥又打電話給他，說母親要他回家一趟，跟姑姑有關。他一年頂多過年過節返家幾次，通常吃個飯或是團圓夜聚完就離開，這次為了姑姑還是回去。母親說她前晚做了夢，公媽跟她說，把牌位分靈出去到你那邊就好了，姑姑就可以跟著你住。起義聽了開心，想說人間有溫情，沒想到鬼界也是。母親又說：「但讓我想不透的是，夢裡公媽跟我說，反正以後你不會有子孫，不會有人拜，所以你姑姑放你那，也是白放。」

起義想到兒子哲浩出櫃的事，又想到原來如此公媽才同意，也不知道該悲還是喜，什麼溫情？根本只是看好戲。轉瞬想到自己將來死後也是沒人拜，還是悲的情緒多一點。最後姑姑連同祖先分靈牌位順利入了他家，起義心裡算是完成了一樁工作。

同時間中國海協會會長陳雲林第一次來台，黨內人士發動人肉抗議戰術，要所有台灣人站出來表達身為台灣人意見，卻引發許多場警民衝突，所有敏感物品被迫消失在人海裡，要陳雲林一眼望去晴空萬里，更不用說國旗或是西藏的雪獅旗幟。而優勢的七千名警力更是將他們各地開花抗議的人層層圍在最遠處，當唱片行播放〈台灣之聲〉，還遭警方強行進入關掉音樂、拉下鐵門。起義和那些抗議的人像打了一場敗仗，但他卻慶幸白色恐怖的高壓年代已過，不然就像他父親那時的二二八、自己年輕時的美麗島事件，一些人會無聲無息地消失在歷史中。最後他們只能仰賴汽笛喇叭，代替他們發出巨大的怒吼，叭叭叭叭叭叭叭叭！

他年紀漸大，體力氣力都不比以前，一早被國民黨放了空城計，黨內立即手忙腳亂地動員起來，沒人想得到國民黨有這麼一手。人群裡他想到自己前一天先上北部，原本要找兒子，後來想想還是作罷。一人在台北裡閒晃，年輕時也待過報社一陣子，想說要去看看老同事，但想到離職的離職，還在的見了他可能也覺得突兀，於是放棄這個選項。最後一人逛到二二八紀念公園，突然覺得自己真的老了，和一些老人混在其中卻不會覺得哪裡奇怪，似乎他就是該被安置在那。想想，自己的世代已經過去了。離開前去廁所解手，外頭一堆人東張西望，他才站到小便斗，一個年輕人也跟著站在一旁，他感到壓力尿不出來，只好收了就走。進到捷運站廁所，邊小解才想到那些人跟兒子是同夥的，突然擔心兒子以後會不會這樣怪里怪氣，他一想到就有氣。

想了很久，還是忍不住撥了電話給兒子，至少教訓他幾句，要兒子以後不要學那些人一樣。兒子畢業上了台北就不回來，像是他的翻版，似乎家是永遠歸不得的地方。他比兒子更糟，明明和母親住在同一個城市，卻還是把母親丟給大哥一人照顧。電話那頭的兒子和他約在旅館附近見面，兩人坐定，他問：「要不要吃點什麼？」

兒子搖頭說吃過了。

他看眼前的兒子穿著正式，像是來談生意，不像是見父親。

「最近好嗎？」他生疏地問著兒子。

「工作生活都老樣子，爸，你呢？這次上台北做什麼？不會是為了明天的活動吧？」

「是啊！就是要參加圍城行動。」

兒子像是有話，但只是停頓了些後平靜地說：「自己注意安全，不要勉強。」

「你現在……」原本起義想勸兒子不要再這樣，好好交個女友、找個女生結婚才是正途，轉瞬想兩人的關係現在可以坐在一起喝個東西、見個面就已經很好了，喝了一口飲料把那些話也吞下。

還是忍不住說了姑姑的事，最後說：「你阿嬤夢到公媽說，以後我死了會沒有子孫拜我。」

他原本以為兒子會長篇大論和他爭執，但兒子只是喝了口水。

他忍不住脾氣問：「有話你說啊，沒關係。」

兒子還是又默默拿起杯子。

「你不為自己想，也要為我和你媽想。連之前在你阿嬤家幫忙的外籍看護阿美都生小孩了，你自己年紀也有了，一個人也不是辦法，需要一個女人來幫忙扶家，就像你媽一樣。」

「爸，如果人生只有這一輩子，沒有輪迴、沒有來世、沒有重來的可能，那你會想盡心盡力快快樂樂地過？還是躲躲藏藏，什麼都照別人說的過？」

「我們有讓你不快樂嗎？」

「爸，對我來說人生就是只有一次，我只想照我的方式來過，很抱歉讓你失望了。可是沒辦法，我不想迎合別人改變自己，結婚不在我的人生規畫裡。」

「為什麼不能迎合別人？難道你不能跟別人一樣正常嗎？」

「如果什麼事情都可以迎合別人，那爸，為什麼你要參加美麗島抗爭？為什麼讓自己惹上牢獄之災？為什麼讓我度過好一段沒有父親的時光？為什麼你不能迎合別人，安安靜靜的就好？」

兒子說，他語塞，隨即反擊：「我是為了民主，為了公理，你呢？為了什麼？說到底不就是自私嗎？」

「所以這樣要求我的你就不自私嗎？你只想要一個洋娃娃可以掌控，或是聽話的一條狗，你需要的是我嗎？」

「養一條狗也勝過你整天只會氣我。」

他兒子苦笑著點頭，「這就是我離家遠遠的原因，我們太像，我無法忍受你，你也無法忍受我，我們都使勁把彼此拉進我們的信念框框裡，沒人要退一步。」

兒子又說：「我先回去了，你再坐坐，我買單就好。」

他把眼睛飄向窗外來往的人群，又失敗了，他想，父親這個角色他從來沒有成功扮演過。但也不能怪他，他又想，從小自己有父親但跟沒有一樣，一個鎮日坐在椅子上的老頭可以教給他什麼？那麼，他思索，兒子口中的他不是個好父親，或許他的兒子也不具備成為好父親的條件。這麼想，兒子選擇不婚，讓他好過一些，至少不會有另一名兒子恨另一位父親。

圍城之火斷斷續續，他沒體力和心思繼續，返回高雄，進到家門先祭拜祖先和姑姑，妻子問：「活動不是還在進行嗎？」

「家事都處理不好了，還有心情管到國事？」

「怎麼了？」

他把和兒子的對話說了一遍，妻子說：「說你們是父子，沒有人會懷疑，兩個脾氣都衝，兒孫自有兒孫福。」

「什麼孫？不會有孫啦！我們死後就變兩尊孤魂野鬼沒處去。」

「擔心什麼？我都買好塔位了，背山面海的位置，就算死後還可以兩個整天看風景。」

他聽妻子說，內心被撫慰，他只是像個大孩子，需要有人好好愛他。

他暫且把兒子的事放到一旁，他習慣如此，不如此他永遠有期待。

回到高雄黨部，大家氣憤著被放了空城計，新聞沸沸揚揚，畫面裡的他們像無處可發洩的可憐者，只好死命對遠方的圓山飯店嘶吼，許多戰友、在野黨和執政黨出現在受訪畫面裡，彼此交錯著對這事件的看法。政治是個大機械，沒有人可以讓它停，每個黨派都竭盡所能微調機械，希望能照著自己的模式走。輸了這一輪沒關係，動點手腳阻礙對手的機械運轉，也可以增加自己趕上的時間。隨著輿論壓力，所有新聞幾乎一面倒地質疑警方執法過當，他們還在想一個有利的點可以迎擊對手，卻也在圍城事件的同時，學者和另一波青年學子發表「一一〇六行動聲明」，抗議警方對不構成「有相當理由足認其行為已構成或即將發生危害」或「有明顯而立即的危險」的人，使用強制力，而過度限制人民的人身或言論自由。

美麗島時代，他們的武器只有雜誌，而現代各家新聞頻道熱燒、網路發達，網友串連力量正偉大，累積人數比他們圍城更勝十百倍。網友自動剪輯相關資訊，更有女聲唱著：「我不是溫室花朵，你也不用假裝溫柔，我學不會你們虛偽的臉孔，只會真實面對自我。我們有屬於我們的夢，我們有我們的話想說，在你們背叛自己以後，不要連我們一起出售。」這首〈野莓之聲〉也標示了野草莓運動的開始。很快議題被炒紅，網路把現實生活中的學生也串連在一起，北中南的野草莓一個個冒出頭響應。他看著這些年輕孩子，想到出獄後他也參與過野百合學運，把獄中多年的積怨藉社會運動大聲吼出來，如今物換星移，一朵朵老百合換成小小野莓。

除了台北的自由廣場外，高雄的城市光廊也陸陸續續擠進一些學子和支持野草莓學運的群眾，他以自己的立場帶來許多物品支援學生，怕被熟識的新聞媒體記者發現，以為是黨部在背後煽動，於是鴨舌帽、口罩、墨鏡全都出籠，所幸這幾日寒流來襲，這身裝扮才不會顯得奇怪。攤位前簽署修改集會遊行法的人潮裡，出現當初小三的身影，分手兩年多她還是貌美，只是身邊多了一個小女孩，看起來大概國小年紀，喊她媽媽。他心裡疑惑兩年前交往時沒聽她說過有女兒，所以是她隱瞞事實？還是其他男人的女兒？小三身旁的男人又換了一個，兩人互動親暱，小女孩有她和那名男子的影子。想想，當初他把對方當成生活上的點心，或許自己才是對方的甜點，只有自己一廂情願以為對方會捨不得他。他不禁慶幸自己沒有陷入更糟糕的狀況，如果繼續，說不定他也被冠上第三者之名，而把自己的家庭也賠上。

他站在另一邊攤位上簽名連署，才剛寫名字立即懊悔，女人經過，看到他的筆跡喊著：「林主任？」

他被迫摘下一身行頭面對，勉強笑著：「妳也來了，這麼巧。」

女人介紹：「這是以前我們黨部的林主任，他很照顧我。這位是我先生，這我小孩，叫林叔叔。」

「林叔叔好。」小女孩順從叫著。

「好好，女兒很像你們倆。」

「林主任怎麼有空來這裡，又戴帽子又戴口罩密不透風的，感冒了嗎？」

「就天氣冷，穿多點保暖些，經過這裡，順道替這些學生加油一下。」

他低頭看看手錶說：「等會還要回家吃飯，先走了。」

女人無懼無欲地揮手，似乎不怕她和他的事情被發現，更像他們之間本來就沒任何事情發生過，一切清清白白。他雖認為這女人無情，但想想也好，不吵不鬧的女人才是最高段的女人。心裡想著，像他這樣一方面慶幸擺脫了她，另一方面又懊悔失去了她，老是三心二意的自己，可能才是最糟糕的男人，也或許女人看得比他透澈，所以才離開得乾脆。

晚間新聞噬血地報導，在台北自由廣場的活動中有人引火自焚抗議，各家媒體搶獨家，訪問人士從在場的目擊者到自焚者的親朋好友、鄰居到同學同事，一一表達意見。他心想人死了就什麼都沒了，還有什麼好說的。突然想到自己父親，姑姑曾說，他的父親在二二八事件時撰寫日文版報紙，平實報導各地災情，當初難逃一死，幸好警方去逮人那天父親不在辦公處，回來後不知什麼原因就嚇傻了，這樣，活著的父親等同是死了一樣。小時候他問母親，為什麼父親那麼懦弱逃了回來，母親搖著頭跟他說：「懦弱也是一種勇敢，只要人在就有希望。」

他不懂，所以他死命地表現和父親不同，不管任何場合都直衝第一線，也認定若為了民主而死就能名留一筆。幾年過去，有了自己的家庭，不再只為自己而活，他的勇敢被磨得小小的，小到要時常與黨部裡的那些前輩或平輩討論或與後輩炫耀，才能感受勇敢似乎還存留著，難免心裡安慰著自己：「這些事交給年輕人去做就好了」，更何況真正能在歷史中留下一筆的少之又少。他這時才開始理解父親，只是父親已不在了，那麼兒子何時才能理解他？也要等他不在之後嗎？這樣的和解不是太可悲了嗎？

時間推移，野莓沒別人眼中的草莓族般不堪一擊，一個月過去後，反而舉辦「一二〇七野給你看」，串連北中南大學生進行遊行。高雄的遊行起義也去了，看到一些學生在車水馬龍的中央公園，穿著「打狗，野莓戰隊」和「戒嚴傳統，全新感受」的服裝，並舉著各式標語、呼喊不同口號，演出行動短劇之外，一群學生高唱著：「全國的野草莓啊，勇敢地站出來，為了我們的人權，不怕任何犧牲。反威權、爭自由，我的同學們，為了明天的勝利，誓死戰鬥到底。殺！殺！」這首名為〈野草莓戰歌〉的旋律，勾起他多年來參與各大小抗爭、遊行時改編各種歌詞的回憶，很快他就朗朗上口也跟著唱。那些過去的畫面浮現，當初和他一起參與各大小抗議的那些「同學」呢？他們還記得彼此的身影嗎？還在這條道路上前行嗎？還是已經放棄，甘於安穩生活？抑或是他們還是勇敢地站在這些人群裡，當這些年輕人的後盾？

這一場人權戰爭或許還會很久，也或許很快就會結束，但總會在歷史上勾勒一筆。他和兒子的歧見亦是，何時才能畫下句點？而自己和母親和大哥的疏離呢？或許他內心還渴望著三代同堂的時刻。台灣的政治已經夠紛擾，難道他的家庭不能簡單些嗎？

回家，妻子慣例問他遊行狀況，他簡單說著，轉移話題問：「妳都不想抱孫嗎？」

「我有你在就好了。」

「妳都不擔心以後沒人拜我們？」

「我每天都有幫你誦經念佛，我們也沒做什麼壞事，以後我會和你去西方極樂世界。去了那裡，還需要人拜嗎？況且怕你不安心，上次不是跟你說塔位也買好了，那間靈骨塔會把我們照顧得好好的，你就別擔心了，可以整天聽佛經看風景。」

「可是我媽說姑姑以後沒人拜，我會擔心……」

「前幾天我又買了一個塔位，以後就把姑姑帶去那裡一起做鄰居吧！不管我們誰先走，就先把姑姑和對方遷過去，等另一個時間到了，大家就能在一起了。」

他紅著眼、背著身走進廁所，門鎖緊才敢拿毛巾摀著嘴哭，他知道和兒子的那場戰事，早在妻子的安排之下消弭，他想到兒子問的問題：「爸，如果人生只有這一輩子，沒有輪迴、沒有來世、沒有重來的可能，那你會想盡心盡力快快樂樂地過？還是躲躲藏藏，什麼都照別人說的過？」

他決定放了兒子也放了自己，只要能和妻子快快樂樂度完這一生，那麼就了無遺憾了。明天，也該去大哥家走走，他想，還要給兒子撥個電話，告訴他……

公理正義的華裳

隨著父親走後，整個家似乎也死去一半，返家時才看見母親棲在暗處裡，少了父親也少了看護，家中一次少兩個人，頓時冷清不少。家裡一度翻新整修過，完全是為了父母的需求而改建。現在少了父親，原本事事有主見的母親卻變得處處依賴他，常常在外出服務時就接到母親捎來電話，喊著這裡痛那裡痛。剛開始他也是安撫幾句，後來卻不自覺地不耐煩，常常沒講一分鐘便草草掛了電話。一天辛苦回到家後，他和母親面對著飯桌，就算母親身體再怎麼不舒服，還是堅持煮上兩三道菜、湯一起用。小時他和弟弟爭食，還要幫忙餵食父親，飯桌前至少熱熱鬧鬧，如今每回晚餐都像默劇一般。母親從不讓他過問家事，只要他好好讀書，如今他年近花甲，有功有成有名，但就是不知道該從何處著手幫忙母親。他想了好多方式，都被母親否決，只好託阿美有空多來家裡走走照料。

家裡物品也開始隨著人氣遞減而崩毀，電燈常一滅一亮，請水電工修好，隔沒一兩個月又開始，母親說那是父親回來了，他覺得不是「回來」，而是父親根本沒走。每次他返家，如果母親不開口，他直覺坐在角落裡的就是父親。有時他想，說不定父親附身在母親身上，此後母親身體委靡，做什麼都不起勁。近來，家裡物品老去，門窗卡榫早有問題，總要費勁扳才有辦法順利開關，而馬桶抽水系統更是困擾他，常沖了水，穢物又浮上來，倒了好多通廁藥水還是一樣。生活裡的大小雜事就能把他弄得筋疲力盡。

加上這幾天新聞不斷強調又有颱風即將襲台，要民眾做好防颱準備，所有事物包括工作、母親、房子全攪在一起，讓他備感壓力。好幾次跟母親提議搬到高雄市中心，母親說要死在自己鼓山家中，這樣父親才不會寂寞，聽母親這麼說他也就不強求。只是颱風在外海成形，氣象局又宣布此次颱風為紅色警戒，會有超大暴雨，讓他不敢掉以輕心。所有可以做的都盡力完成，窗戶用膠帶打了叉，怕老舊窗戶禁不起風災，八年前的七一一水災讓整個高雄，包括鼓山一帶，成了水鄉澤國，從屋外蔓延湧進的水，一度淹上了父親的床沿。當時他和阿美還有母親，使勁地將一動也不動的父親往上拉，最後他們落魄地窩在小小的櫃子上，任由其他器具在水面上漂流，父親嘴裡伊嗚啊地喊。等救難人員將他們帶離現場，他即刻到市區旅館訂了兩間房，一間雙人房給自己，一間四人房給阿美和父母。等水退，老舊的屋內許多物品幾乎都不堪使用，於是保留了外牆結構，請人來大肆整修。

回到家的父親，又從原本常坐在外頭發呆的狀態轉而開始拿著筆寫字，好幾次他和母親想盡辦法想看父親寫什麼，但沒一次成功，父親所寫的那些紙張像被神隱，怎麼也找不到。好幾年前父親這麼做過一陣子，但之後像是機械開關被停止，父親又恢復成靜默狀態。陪父親看了醫生，醫生只表示或許這是父親某種防衛或是慣性動作，受到一些特定的刺激所引發出來的行為，等刺激消退，行為也就結束。他和母親也就當成如此，直到父親過世後也沒多去想。

七一一水災後每次颱風到來，總會讓他想起那段往事，更怕舊事重演，所以用來阻擋水的大沙包準備好，在挑高的雙層床板堆滿了飲水和食物，如果真淹水，還可以把床板當成諾亞方舟逃難。

平和撥了電話給住在鹽埕區的弟弟起義：「颱風要進來了，你那邊還好吧？」

「還可以，希望之前買來的橡皮艇不要用到。」

「起義，你也太誇張了，還買橡皮艇。」

「哥，你不知道我們這些做過記者的，搶新聞要夠力之外還要洞燭機先，不要到時又淹水，那才慘。沒聽過有一就有二，無三不成禮。」

「希望不會啦！不過我也有點擔心，我叫媽先跟我到市區找個旅館，媽一直說她不放心放爸一個人在家。」

「媽不會……？」

平和知道起義指的是什麼，他說：「應該不是啦，只是放不下心吧。」

「不過，哥，也別大驚小怪了，颱風一下就過去了。」

「還是小心點好。不過，什麼我大驚小怪，你才是吧！連橡皮艇都買好了。」

掛上電話，平和才想到兩兄弟年紀越大似乎感情才越好，小時候弟弟離家到姑姑家那幾年，他們見了面也只是生疏地招呼，明明住得近，但弟弟卻只有逢年過節才回來。平常，還要他和母親特地去找弟弟，才有辦法見得到面。

平和又撥了電話到事務所交代幾件工作，然後出發到法院幫忙出庭弱勢個案的案件。日常東聊西聊相處久了，和裡頭一位已離婚的女書記官也漸熟，審理結束後常會寒暄聊個幾句。對方年紀四十來歲，比他小了近一輪，但兒子女兒卻已經高中大學。有時他們出去餐敘，聊的還是公事和案件居多，他對女方有情，女方似乎也有意，但平和對這方面著實了解不多，常常飯後兩人各坐一台計程車離去。什麼事也沒發生，這讓他有點遺憾，也鬆口氣，似乎永遠可以期待下一次。這一次出庭時已下起滂沱大雨，他領著當事人在法庭上竭力陳述，歷經兩個小時才結束。法庭上當事人強忍而站挺腰桿，結束後整個人癱在地上腿軟大哭，女書記官那天沒做紀錄，恰巧從門外瞥見，急忙進來幫忙攙扶問著：「怎麼了？還好吧？」

平和說：「大概剛剛太緊張，現在一下子鬆懈下來，整個人癱軟，讓她休息一會應該就沒事了。」

「什麼案件？」女書記官關心地問。

平和為難地看看當事人，像是徵求她的同意，當事人點頭，平和才說：「家暴。」

女書記官請人帶來一杯熱茶讓當事人舒緩情緒，外頭雨還是很大，平和擔心著颱風已經登陸，女書記官像是看穿他的心思說：「明天晚上才會登陸，家裡沒問題吧？」

「還可以，之前颱風家裡淹水過一次，後來每次遇到颱風都會擔心。」

「你家靠哪裡？」

「鼓山。」

「你說的是七一一水災吧。」

「妳怎麼知道？」

「我前夫家在中山大學附近大廈，那時水把外頭的碼頭淹得和海平面齊高，把馬路都覆蓋過去了，感覺大廈像是漂浮在無垠海面上的小島。」

「那時我家裡的家當都漂走了，連我父親也差點。」

「林律師你真愛說笑。」

從來沒有人相信過這段話，但在夢裡，他拚命地把父親往更高的櫃子拉，與現實不同的是，他的手一而再地鬆掉，像是刻意，然後父親被捲入大水裡，老邁的母親也躍入水底游著，阿美喊著阿公阿嬤阿公阿嬤阿公阿嬤，比他更像親人，只有他默默看著，彷彿希望一切就此結束，他才能真自由。夢醒，他有愧意，或許他一直把父母都當成包袱，他沒辦法像弟弟一樣，兩手拍拍就獨自走遠。況且，現在他也僅剩母親了，如果沒了母親，他就只剩自己了。

當事人嘴裡念著還要去保姆家接孩子，擦乾眼淚站起來，道謝後招了計程車飛快離去。平和問：「妳不用去接孩子？」

「林律師你真的很幽默，我孩子都那麼大了，等他們來接我還差不多。不過他們也忙，靠自己最實在，我這個做老媽的有時反而是拖油瓶。」

女書記官似乎還在等，他其實也是，只是不知道該怎麼進行下一個步驟。他是個成功者，很多事情得心應手，唯獨這件事卻始終讓他亂了手腳，只得選擇靜默，因為這樣最安全。沒有得到，也不會有失去。

最後女書記官看了看手錶說：「時間差不多，我該走了。」

他點頭禮貌笑著：「路上小心，我也要回去了。」

兩人又各自坐上不同計程車往城市兩頭離去。

晚間，平和陪母親守在電視前觀看新聞，看畫面上的颱風路徑，新聞強調花蓮民眾要嚴防強颱，全台要注意豪雨。屋外滴答滴答，他們住家已經墊高，而門口也堆滿了沙包，連抽水機都待命，只差一艘救生艇。他想到弟弟就笑了，想想兩人果然很像，只是他著重防守、思緒周密，弟弟主司進攻、行動果斷。母親擔心問著：「颱風這麼大，你看新聞裡海浪那麼高，西子灣的海會不會淹上來？」

「新聞畫面是花蓮海邊，不是高雄，媽，妳不用擔心啦！先去休息，睏一眠，颱風就過去了。」平和安撫著母親，待母親回房就寢，自己卻比誰都緊張地盯著電視畫面。等再醒來已是凌晨，拿起手機看是五點多，外頭雨勢轟隆隆讓他感到不安。他想到今天是父親節，立即上香跟父親說聲父親節快樂，想想他已無父，自己也不是個父親，這節日此後與他無關，這才讓他覺得悲哀。他想到什麼，趕緊跑到窗戶邊看，外頭的水已經淹過鄰近住家，大概再過幾個台階就會淹上來。突然浴室傳來古怪咕嚕聲，他急忙去看，馬桶內的水已經漲出，馬桶像乾咳不止的病人，接著吐出濕爛的紙。原以為是衛生紙阻塞，所以才有大量的紙不斷湧出，但仔細一看那些藍色暈開的痕跡，像是父親寫字的日曆紙。原來從前他和母親找不到的紙，全被父親沖進了馬桶內。

平和趕緊蓋上馬桶，再到外頭觀看水勢，母親也醒來，「平和啊！怎麼水又淹上來了？」

「剛剛看新聞是說，颱風的雨量都集中在這幾個小時內降下來，現在退不下去，所以高雄很多地方都淹水了。」

「怎麼會這樣，你看隔壁都快淹到半層樓了，水會不會淹進我們家來？」母親擔心地問。

平和想到門口還有沙包和抽水機，撐過颱風過境應該沒什麼問題，「媽，不會啦！妳再去睡一下。」

「這樣子哪睡得著，我去拜你爸一下。」母親說完就往神桌走，神情肅穆地點香，嘴裡念念有詞像對父親說悄悄話，插香在香爐，然後雙手合掌拜了又拜。「這幾天啊……」母親說：「我夢見你爸跟我說，我又要有媳婦了。」

從小他就知道母親多夢，像巫女，十件事情裡面總會被說中個三四件，似乎母親在夢境裡可以通往陰陽和過去未來，為了驗證夢境，母親總把所有夢的細節與他分享。

「你現在有沒有對象啊？」母親問。

他的腦海浮現女書記官的臉，嘴裡回答：「沒啦！我都這個歲數了，誰會喜歡一個老頭。」

「有眼光的女生啊！」母親說著。

沒有開燈的房間只有電視螢幕亮著，畫面一閃一閃的，像來自黑暗海上微弱的求救訊號，他才剛要好好坐下來看電視注意災情，手機響起，他看來電顯示是女書記官，電話那頭她問：「還好吧？我看新聞說鼓山那邊淹大水。」

「現在還好，之前有做工程把整個屋子都墊高，但附近的住家都淹了一半。」

「那你們怎麼辦？」

「我有準備好幾天的糧食，應該沒什麼問題。」

「那就好。」女書記官鬆了口氣。

兩人又靜默，他拿著話筒像牽著她的手，就算無話還是捨不得放。

「我……」

「我……」

兩人異口同聲開口，「那個……」女書記官先說：「我晚點再打電話給你。」

「謝謝。」

掛上電話，母親關心問著：「誰啊？那麼早打來？」

「就一個在法院工作的人，說新聞播報我們這裡淹水，所以打電話來關心一下。」

「查某喔？」

「媽！」他害羞地阻止母親繼續追問。

「要是個好查某就好好加油。」

突然家中電話跟著響，還在想是誰，電話接起，那頭傳來起義的聲音：

「哥，要不要我過去接你們？」

「現在外面風雨那麼大，待在家裡最安全。」

「你有看新聞嗎？」

「才剛看而已。怎麼了？」

「現在豪雨集中降下，到處都在淹水。」

「怎麼會這麼嚴重。」他嘴裡說著。

「我看昨天就淹水的佳冬，今天會更嚴重。」起義說。

兩兄弟有氣無力、有一搭沒一搭說著那些完全使不上力幫忙的狀況，起義要哥哥自己多注意，有狀況趕快告訴他，至少還有艘橡皮艇可以派得上用場。掛上電話，他才覺得自己已經筋疲力盡，母親窩在沙發上瞇著，他輕輕拍著母親的肩膀說著：「媽，到房間裡睡，這裡不好睡。」

「平和，颱風走了沒？」

「還沒，新聞說下午就會出海。媽，再睡一下，醒來後就沒事了。」

「剛剛我夢到你爸叫我把他的東西保管好，我問他，他說得很小聲，我聽不到，你說你爸要我幫他收什麼東西啊？」

「媽，妳在眠夢啦！不然妳再去睡一下，說不定爸會跟妳說清楚一點。」

「好啦！你也沒睡好，休息一下。」

平和又繞到廁所觀察，不再冒出水，他拾起那幾張紙糊。回到客廳也累得小憩，等醒來母親已經做好午餐，兩人吃著，母親想到什麼說：「配點醬瓜好了。」

母親醃了幾桶不同口味的醬菜在廚房，久久才檢視一次，母親喊著：「平和，來一下來一下。」

他到母親那，看著醬瓜桶裡有一包黑色的物品，母親驚慌地要他取出，那物體壓在醬瓜中層，若沒仔細看根本瞧不出來。他把像被醃透的塑膠袋拿出，打開外袋又是厚厚一層包著，像怕裡頭的物品被泡壞。一層一層像剝洋蔥地開，最後才看到好多張日曆紙疊得整整齊齊地包在最內層，他先洗了手才取出，仔細攤開，見日曆紙上密密麻麻寫著字。

母親問：「是什麼？」

「看起來像是爸之前寫的那些東西。」

「寫什麼？」

「字很小，我去拿一下放大鏡。」他去客廳取了看報用的放大鏡，仔細看了才說：「裡面都是日文。」

「寫什麼？」母親急著問。

「媽，都是日文我看不懂。」

「你把它寫大一點，我來看。」母親像是哭著喊。

他隨意挑了一句吃力寫著，母親嘴裡念了念，又問：「還有呢？」

他又寫了一句，母親又念一句，像是無限循環的接力，最後他先放棄說：「媽，明天我請辦公室的人影印放大，再給妳看好不好？」

「我自己看，我自己看。」母親不放棄地跪下搶過放大鏡看，然後又哭著：「我看不清楚，我看不清楚。」

他從小到大鮮少看到母親哭泣，他也忍不住跟著哭，安慰著：「媽，妳別哭，到時眼睛哭壞了怎麼看。快別哭，我明天一定處理好，妳不要急好不好？」

「平和，我說……」母親擦乾眼淚，「把這些丟了吧！」

「之前我們都不知道爸到底寫什麼東西，好不容易發現了怎麼能丟。」

「你爸都過世了，留這些做什麼？」

「媽，妳不是夢到爸要妳把他的東西保管好，說不定就是這個。」

母親不再說話，他卻發覺母親盯著那些日曆，像是獵豹緊盯著獵物。

他替母親蓋上醬瓜桶，兩人默默吃完午餐。下午，颱風離開台灣，各地的災情陸續傳出。到了隔天水還沒退，新聞傳來更嚴重的災禍，甲仙的小林村遭土石流滅村，母親望著電視螢幕，不斷念著阿彌陀佛。期間他和起義還有女書記官通了幾次電話，災難總可以把人心更加聚結。水退，起義回來家裡，他拿出醬瓜桶裡的東西告訴弟弟，兩人安撫了母親就出門。他開車，起義翻著日曆紙問：「你說爸寫什麼？」

「我也不知道。」

「爸真的很怪，從我們懂事以來就沒聽他說過話，整天像個痴呆的人，沒想到……」

他也不知道該怎麼回答，有時他覺得父親像咬緊嘴唇什麼話都不肯說，總是把嘴往內縮到嘴唇都看不見為止，整日皺著眉頭像要哭。到了辦公室，他交代助理把所有日曆紙小心影印放大數倍，並編號按照順序排好。他又打了電話聯絡幾個手邊的案子，起義先到鄰近的黨部去忙。他一直忙到近傍晚，助理提來了兩大紙袋，他才返家。他讓母親看，母親邊看邊哭，他問母親上面寫什麼，母親沒說，只看了十來頁，剩下的幾百頁還在袋子裡。

隔天他又請助理印了一份，並請助理找來日文翻譯，要在一週內處理完這些文件翻譯給他，他知道問母親什麼答案都聽不到。他想到什麼，又請助理幫他將支票寄給莫拉克風災的捐款單位，回到辦公室，他打了電話給女書記官，電話裡他唐突地說：「我想妳。」

他知道自己不跨出這一步，兩人只會困在各自兩個圈圈中，說了就有機會在圈圈間築出通道，供彼此通過。女書記官在電話裡溫柔問著：「下午有空嗎？」

兩人在咖啡廳裡第一次手牽手，他想自己都已六十出頭，才有初戀的感覺。女書記官說，兩個孩子要到佳冬擔任義工，幫忙清汙泥，覺得以自己的孩子為傲，如果不是因為要上班，她也想親自走一趟。平和覺得自己除了捐錢外，似乎也該做點什麼，隔天在事務所公告若有人要從事志工活動，可以公假，並訂每月的第二個星期五為義工日，無需任何理由放假一天，讓大家能多從事公益。助理私下對他說：「這樣不好吧，說不定大家都偷懶放假一天，沒人要去做公益。」

「如果放假可以讓他們好好陪陪家人一天那也不錯，如果可以去做公益那當然更好，可是我也不能強求。」平和說。

幾天後助理把譯文交給他，他才展讀就淚流不止，晚上找出起義，把文件給他看，連起義那麼堅強的人都掉淚，問著：「這是真的嗎？」

「我不知道，你覺得爸的狀況會寫假的嗎？」

「所以是爸把報社的人抖出來，換來……」

「最難過的應該是媽。」

「也是，爸在媽的心中一直是個不怕死的英雄。」

他沒回應，父親在他心裡也是英雄，那個英雄形象是母親用愛、用語言、用生活建構出來的樣貌，於是他認為父親是英雄這件事根本堅不可摧，但現實卻是相反。父親出賣了那些人而換得自由的機會，但此後裝瘋賣傻，並用永遠的沉默懲罰自己。那麼他所認為的歷史真相中又有多少是被美化出來的？沒人可以知道。

「哥，這資料不能給人發現。」

他沒回話。

「我們這一家會成為歷史的罪人。」起義說。

「……」

「哥，你有沒有在聽？我為民主奮戰了那麼久，就是認為爸是政治的受害者，如果不是，那我當初做的那些到底算是什麼？是什麼？」

「……」

「哥！」

他沒回話，自己又何嘗不是，他走向法律這一途，追求的不就是公理正義嗎？歷史的細節線索就藏在他的手上，他該把它抹去還是公諸於世？他為人權努力，以為這麼做，就能減少像他父親這樣被政治迫害、處於社會弱勢的人，但……

「好吧，哥，這一份放我這，等我看完再給你。」

「好。」

回到家，他發現母親在廁所裡將那些影印和原始文件全塞入馬桶內，他拉開母親問著：「媽，妳在做什麼？」

「我不准他寫，把他的東西都丟進馬桶，沒想到，他還藏了一份，要我怎麼做人？」

他看著母親，母親的眼睛像是燒了起來，他不敢告訴母親，起義手上還有備份。母親身上穿著自己編織出來的公理正義的華裳，如果他強迫母親脫下，只會讓母親不堪。

他沒說話，心裡只想著：「該找個水電工清馬桶了。」

無父之人

哲浩和傑森自大學起交往了五年，最後還是分手，原因不是不愛，而是傑森到國外求學，距離自然把兩人的心逐漸拉遠，就算科技再怎麼發達，哲浩還是無法靠擁抱視訊得到溫暖。距離殺了他們倆的愛情之後，工作和新朋友很快就填補了哲浩的生活。為了擺脫不對盤的父親，他參加教師甄試，順利到台北任教，八點上班近五點下班。跟一般台北同志族群一樣，他參加健身房鍛鍊自己身材，三不五時間晃到誠品去看看書也看看人，逛逛百貨順道採買衣物和保養品，週末需要飯局和夜店把時間塞得滿滿，總把自己累到凌晨三四點，才肯回到外賃的租屋處。

小小的七坪套房，還能擺些什麼？雙人床是在台北生活不可或缺的物品，電腦權當電視功能，一桌得三用：電腦桌、化妝桌、書桌。衣櫃裡塞滿新一季的衣物，超過兩年的，就當做善事給朋友，或全丟進衣物回收箱。就算空間再怎麼擁擠，還是要挪出一個小小位置來擺放書籍，若有客人開門進到房裡，總要給對方一個好印象，所以書架上擺滿文學書。書籍和衣物不同，可以歷久不衰，經典過了幾十年還是經典，像放了瓶老酒。總之，哲浩把自己的住處弄得乾淨舒適，希望能夠迎接舒適的愛情。

哲浩習於把自己藏在人群裡，不愛惹人注目，但交往的男人卻又個個有自己父親的影子，總是把社會公理正義擺在前頭，彷彿別人家的事就是自己的事。每當那些男人口沫橫飛，其實哲浩無感居多，畢竟和自己的生活沒有太多相干，只要自己好，就好。

想起二〇〇八年時，不知道第幾次戀愛，當時最新交往的對象小男人還在讀大學，是社團領袖，也常參加社會運動，外表看起來矮小，卻比其他人更強悍，不論是心或是言詞。有一次，兩人在路上看到機車騎士輾過一隻從巷口衝出的狗，騎士瞥了一眼就要離去，小男人已經衝向前跟對方理論。對方置之不理，小男人把奄奄一息的狗小心置於機車前方，加速送至獸醫院，到達醫院門口，那條狗已經動也不動。

哲浩覺得小男人總是充滿戰鬥力，和傑森不同，傑森總是不疾不徐和哲浩解釋各個社會運動的前因，而小男人一味衝在前頭，做了再說。那天小男人說晚間要去聲援樂生反迫遷，簡單拿了東西就出門，哲浩只說小心，就繼續批改學生作業。小男人跟他解釋過關於樂生和捷運的種種關係，部分他懂，部分他不懂，但不管他懂不懂，哲浩了解就算他全部都懂也幫不上什麼忙。他不像父親或小男人一樣可以一路往前衝，他的生活安穩一切都好，不需為他人冒險。

午間新聞時他透過螢幕尋找小男人的蹤跡，那些頭綁著黃絲帶的學生築成人牆，抵抗警察迫遷樂生住民，畫面簡單一掃而過，外加幾句報導話語，這城市需要的是情殺的新聞事件、是搶劫的新聞事件、是一家五口燒炭自殺的新聞事件，而不是這種沉悶難懂的社會新聞事件。兩分鐘後，樂生新聞又掩蓋在一堆新聞垃圾之下，沒人會把它當一回事。或許他們拆的不僅僅是樂生，更是人們對於民主的期盼。

晚間小男人落寞地窩在房間裡，哲浩沒有問怎麼了，他懂的。

小男人或許有天會長成像哲浩父親一般的模樣，繼續熱血繼續奮戰下去，或許有天會成為像他這樣自己好就好的大人。哲浩抱著小男人說：「謝謝。」彷彿對著自己的父親說。

他和小男人的戀愛沒有長久，就像過去的戀情故事一樣，總有一些阻礙橫在前頭，沒人願意繞路尋找其他可能，或是等待對方過來，於是兩人禮貌揮手互道再見，就此分道揚鑣。

好像就是一再重複著試探、歡愉、衝突、再見的模式，實際生活上的愛情故事，並沒有想像中的有著許多新奇浪漫情節。到台北教書五年來，哲浩交往了四五任男人或男孩，最長八個月最短兩週，還有一些僅是一兩夜溫存，所以沒有計算在內。即使如此，他對愛還是充滿期待，渴望認識新朋友，但有時還是會懷念傑森。

他和傑森沒有交惡，兩人依舊是好友，或比好友更好，傑森拿完學歷就在國外工作，一年頂多回來兩次。傑森回國那段時間，若有空，他們就會像往日一樣，一起窩居在家裡，外出旅遊或是出外採買、約會、書局、咖啡、飲酒、抽菸或電影，有時牽牽手，有時接吻，夜裡像是要確認對方身體是否和以前一樣，或是自己對對方是否仍有吸引力，他們愛撫也做愛。或許這就是哲浩老是和那些男友最後會分手的原因，那些過往男友無法忍受生活裡突然闖入了一個陌生男人，而陌生男人卻比他們之中的任何一人都更要了解哲浩，比他們都更像稱職男友。哲浩也無所謂，男友再找就有。

之前，哲浩知道他和傑森不可能再繼續，原因無他，傑森在美國結婚了，和個白人。他總戲謔地問大不大，如果傑森在美國，就會叫丈夫麥克來視訊前掏出來給哲浩看，接著兩個人就在視訊前做起愛來；如果傑森在台灣，傑森會叫麥克掏出來打硬，然後他和哲浩做愛給遠在美國的麥克看。一開始哲浩不習慣，傑森說沒關係，他和麥克是開放性關係，兩人百無禁忌，只要安全就好，「更何況你是我的前情人」這句話更是打動哲浩。哲浩想不透一個人去到國外，個性也幾乎翻轉成另一個樣子，不過想想自己沒出國，好像也差不多，那些生命中的小角色總是來來去去，只是沒像傑森這樣誇張開放。

今年，傑森又要回來了，而哲浩剛和男友分手。這次有點不同，因為傑森已經離婚，拿了一筆錢後，決定回台工作或創業，看來是沒有回去美國的打算。為此，哲浩特地將套房好好打掃過，傑森還沒來，卻又有幾個男人來過。生活總要靠這些填滿，如果沒有這些，他彷彿就不會過日子，畢竟一個人太寂寞，人生太漫長。有時他打電話給母親或接到母親電話，父親彷彿不存在，他覺得自己的家庭就是個詛咒，他的父親有父但像個只會走路的植物，他也有父但自己父親只專注政治和黨務，而他身為同性戀自然不會有子嗣。哲浩曾惡意想過，如果他去捐精，那麼他的家庭詛咒就會綿延下去，那個被生出來的孩子也會是個無父之人。

他和父親生疏，一年難得回去幾趟，多是回家看母親或給母親看，父親很少和他說話，他也不想跟他說話，維持這樣最好，反正他們是無父家族，早該習慣這樣也被迫習慣。哲浩愛母親，但難免抱怨，覺得母親對父親縱容過頭，因為母親選擇父親，所以哲浩選擇離開。遠離高雄來到台北，他正值花樣年華，什麼都該嘗試也都嘗試，該做該玩該吃該看的，他一項也不少，但總覺得少了什麼，那個「什麼」，有時會在傑森回來時或他返家時消失無蹤。朋友笑說那個「什麼」就是「愛」，他想辯駁卻又說不上來，或許真的缺少愛。

有時他覺得父親可憐，但想到父親從來不可憐他，他又覺得那是父親應得的。所以他要成為一名徹底的同志來抗議，但哲浩又壞得不夠徹底，連偶爾抽根菸都有罪惡感，更不用說其他了。不過每每有同志雜交吸毒新聞，父親就不會放過他似地嚷嚷，提醒他同志有多罪惡，為了讓父親遠離罪惡，他一畢業就往台北發展。

離開了家，他和父親的關係才從距離和時間的拉長後逐漸修補，至少已經可以維持表面的和平，但上次父親難得上台北找他，他和父親還是為了這件不可能改變的事情而起爭執。他的父親說他自私，哲浩想父親和他本質上都一樣，如果父親不自私怎麼會拋妻棄子地投入政治抗爭而入獄？反正離了家，從此天寬地闊，處處是風景。家是過去的束縛，從此他沒有家。

哲浩知道他和父親還有彼此的日子要過，誰也不能干涉彼此或被影響太久，情緒的失控很快就又獲得控制，生活仍舊繼續，逐漸淡忘或假裝這件事不存在。雖然他不想做個低調的乖兒子，但更不想要整天受到父親的騷擾。

不久，傑森返台，哲浩的屋子裡擺滿了他的物品，他們又開始同居生活，沒了情侶關係的枷鎖，他們更像親人。一天，傑森說想回美濃走走，順便參加高雄第一屆同志遊行，哲浩考慮許久，還是答應。反正都那麼大的人了，遊行時真遇到親人或朋友同學，打聲招呼就是了，哪有什麼。那幾天傑森每夜都和哲浩聊到很晚，哲浩總無精打采上下班。到了第四天哲浩就借宿同事家，他想兩人還是有點距離比較好。

千禧年後的十年，哲浩和傑森又一同踏上美濃，傑森返回老家，傑森母親見到哲浩說：「浩浩啊，好久不見了。」

他很意外傑森的母親還認得他，便尷尬地打了招呼。傑森的姊姊都出嫁了，家裡的空房多了好多，每間都當成雜物間。傑森老家像小型托兒所，傑森母親手中抱一個小娃，一個在搖籃，另外兩個守在電視前看著《海綿寶寶》。傑森的母親忙得沒時間也懶得再管傑森的婚事，況且傑森的美國白人老公也曾到台灣，特地到美濃一趟見了「岳母」。過了十年的光陰，他沒想到還會和傑森一起重返這兒，而十年把每個人都重新塑過，好比傑森母親對同性戀這名詞早就麻木。哲浩想，只有他和父親兩人還是堅持在僵局裡，誰也不願退讓。

傑森領著他到二樓，才進傑森房間，傑森就緊抱著哲浩吻。

「幹嘛？」哲浩害羞地推開傑森。

「很刺激，好像回到十年前你剛來我家時一樣。」

「那時就是這樣被你騙的。」

「我記得是你先敲我的門，說要一起睡。」

「我忘了。」哲浩說，邊想著窗外那片陰森的竹林已被剷掉，當初晚風吹過，竹幹枝葉彼此摩擦出怪異聲響，且竹林茂密到抵著窗戶，彷彿有人攀在竹林間窺視房間內一樣。那時他害怕地去敲了傑森的門，也發生了第一次親密接觸，之前他們只維持約會的關係。此後，兩人竭盡地互索著對方的體溫，也盡情地認識自己之外的男體。

哲浩想到什麼地問：「這幾年沒聽說美濃要蓋水庫了。」

「美濃是不蓋水庫了，但台灣還是一直在執行很多錯誤的政策。」

「在國外還那麼關心台灣？」

「這裡是我家。」

「你剛說的錯誤政策是啥？」

「核四廠啊！還有台北二〇二兵工廠要變中研院科技園區，還有要蓋八輕國光石化，這對白海豚生態造成威脅……」

「說不定這些真的需要。」哲浩說。

哲浩什麼都不懂，對他來說，生活就是吃喝玩樂，別人是生是死，他沒有什麼特別感受，那些政策問題他也不會關心，偶爾臉書上有朋友發起什麼活動，他才在網路上支持按個讚，但真要他自己盡一份心出一份力，他都嫌懶。

「那是因為大家都只想用最方便，或最立即能賺錢的方式，來解決當前的問題，就像當初要蓋美濃水庫一樣，明明有替代的策略，但卻要犧牲這些人。」

哲浩想到之前傑森跟他說的，汗顏著自己生活在這塊土地卻一點都不關心，反而在國外定居的傑森比他還要了解。不過他不想聽眼前這個男人囉唆，他知道傑森是正義魔人，只要一開口就會沒完沒了，尤其是這類的議題。他也不是不關心，只是覺得無力，好像一隻螞蟻怎麼可能推倒大象，一如同志運動了好幾年，生活還不是一樣，老是被誤解與歧視。

「想什麼？」傑森問。

「沒啊。」

傑森把他擁在懷裡，他像多了父親多了兄弟多了情人，像是從傑森身上延伸了一個家，他在傑森身上看到一個家的縮影，小小的，但卻有著溫暖的燈光。心裡想問傑森，有沒有可能回復到情人關係，但轉瞬想想何必自尋煩惱，他和傑森是自由慣了的兩個人，死綁著不如像這樣。

傑森的手開始不安分，他的情緒也被挑動，兩人褪去彼此的衣物，窗外光線灑落，他看著眼前的男人，曾經那麼近也那麼遠，如今又在身旁，傑森的身軀已經從大男孩變成男子漢，自己也是。他以為自己迷戀的是青春男體，但傑森身材不比當年，發福成熊樣，但迷人氣質依舊。幾年過去，雖沒有生死茫茫的滄桑，卻也有了人生況味的體悟。原來自己對傑森還是有著無法離開的愛慕，這些年的荒唐似乎都只是為了兩人此刻的重聚。但哲浩不確定傑森怎麼想，或許他還是玩世不恭，自己只是他用來打發時間的甜品，或許傑森在美國主餐吃膩了，想換換口味也說不定。

兩人做愛後汗涔涔地睡去，黃昏的光影曖昧模糊，哲浩決心把話藏在心底，不問清不點破不講明，一切就能繼續，破壞了平衡，可能連這點溫存都沒有。晚餐後傑森騎機車帶著他在美濃晃晃，他把頭緊靠著傑森的背，聽他說好多好多的話，把近年的光陰都填補起來，彷彿彼此從來沒有分開過。他陪傑森在美濃度過三天，時間變得悠長，兩人只要負責散步聊天就好，剩下的傑森母親會張羅，要他們早餐要他們點心要他們午餐要他們午茶要他們晚餐要他們消夜，要他們早點睡。雖然沒要他們共枕，但兩人還是這麼做了。

隔天和傑森母親告別，兩人出發轉到哲浩高雄鹽埕的家，哲浩心裡戰戰兢兢，原本執意要住外頭旅館，但在母親堅持和帶著怒意之下，哲浩才妥協。

看到父親，他還是沒什麼話要對父親說，想必父親也沒什麼話要對他講。才進家門，父親開口：「小浩，先來拜姑婆。來來來！」父親招著手要他過去，他遲疑走近，父親把香交到他手裡，又對傑森說：「來來來，自己人，你也來拜一下，跟姑婆打個招呼。」接過香，兩人進屋拜拜。

「你朋友很眼熟喔。」父親說。

「我以前大學同學，後來去美國讀書，最近才又回來。」

「有空多回來，帶你朋友常來玩。」

哲浩狐疑地看著母親，想說父親怎麼回事，之前的衝突彷彿都是自己妄想出來，莫非父親想在外人面前營造出好形象，母親說：「嗯啊，不要一出去就像不見了，家裡還有兩個老大人在等你。」

「伯父伯母，我會押著他常回來的。」

哲浩心裡吶喊：「這只是我爸裝好人的詭計，你還真的接得下去，到時候我爸以為是我帶男友回來示威，會害我和他起衝突的！」

「我先帶傑森出去走走。」哲浩急忙說著。

「你這孩子真是的，連椅子都還沒坐熱。」母親說。

「晚上記得一起吃，你媽準備很多。」父親接著說。

才出門，哲浩就說：「你也拜託一點，我爸很反同性戀，一直逼我結婚。」

「是嗎？感覺你爸很開明。」

「客人面前做做樣子而已。」

「我倒覺得說不定你爸也在成長，學習著怎麼和你相處。」

「我不知道，至少我感覺不出來。」

「我媽就是一個很好的例子啊！她很傳統，之前一直要我結婚，說我是家裡的獨子。後來我逃到國外，她還是不放過我，跟我說就算找個中國女孩或是洋妞結婚都可以。」

「那你後來怎麼交代清楚的？」

「也沒交代清楚，只跟我媽說我會好好照顧自己，我想家人最擔心的不是同性戀，而是怕你被誤解、被欺負，還有將來的生活沒人照顧怎麼辦，當然也可能會擔心會不會染上愛滋病之類的。」

「你跟你媽說那麼多。」

「感覺時間拉鋸久了，她年紀越來越大，力氣越來越小，和我們的拉鋸戰怎麼會贏，況且我一年難得回家幾趟，她見到我就很開心。而且我也暗示麥克在美國很照顧我，加上我上面那麼多姊姊，每個的小孩幾乎都託給她照顧，她忙都忙死了，根本沒時間管我了。」

「我上面可沒姊姊罩我，我爸可以全心全意看著我。」

「所以你要表現得更好，別讓他擔心。」

「拜託，我爸沒你想像中的開明。」

「時間會逼迫某方妥協，如果不是你，那就會是你父親。」

「如果是我的話怎麼辦？」

「沒怎麼辦啊，很多人不也是這樣過？」

「這樣不是對另一半很不公平，造成更多社會問題？」

傑森聳肩，他總是戰鬥模樣，對很多事情很有主見，但卻在這話題上妥協。傑森下著結論：「這就是人生，總要付出才會有收穫，不然，人家塞給你什麼，就只好乖乖收下。」

他和傑森從渡船頭搭上到對岸旗津的船，海風吹啊吹，兩人站在船前，頂著烈日看著被光炸閃的海面，一下子就到了對岸。哲浩看看身旁，傑森還在，恍恍惚惚，他以為就要在這一趟航行中失去他了。到了旗津，他熟門熟路帶傑森走過星空隧道，長長的隧道前方有光，洞口像個框把海框住，海外有船艦，讓海的氣勢雄壯起來。而隧道內頂部有人工製造出來的螢光星座，傑森魔羯他天秤，兩人一一指認辨識。哲浩想到自己對傑森了解好多，知道他喜歡喝咖啡不加糖，喜歡法國麵包整條啃，喜歡去海邊曬太陽，喜歡簡單棉T短褲人字拖就出門，喜歡畫畫喜歡唱歌喜歡紅酒喜歡美食喜歡旅遊喜歡閱讀，但不知道傑森心裡怎麼看待他。一個舊情人？一個老朋友？還是已列親人等級？他和傑森坐在隧道內，可以遮陽又有海風，一下把熱氣吹散了不少。

「我喜歡這裡。」傑森說。

「這裡？」

「嗯。」

「為什麼？」

「祕密。」

返家，桌上滿滿一桌菜，傑森還在沖洗，哲浩父親對他說著：「爸想了很久，你沒有錯，如果人生只有這一輩子，我會想盡心盡力快快樂樂地過，所以……」傑森正好走出浴室，他的父親沒有繼續說，只在餐桌上招呼著傑森：「盡量吃，當成自己家。」

哲浩看著父親，才發覺父親老了不少，時間的確逼迫父親妥協了，他大口塞著飯，果然還是母親的拿手菜好吃，外出那麼久，總還是懷念這一味。但和父親大和解得太快，連他都怕，怕父親是話中有話，還是身體出了什麼毛病。晚餐後他偷偷問著母親：「爸是怎麼了？是生病嗎？你們是不是隱瞞我什麼？不會是癌症吧？不然怎麼會說那些話？」

「你這孩子是怎樣？瞎操煩。我跟你說，你爸之前一直擔心沒人拜，我跟他說我準備了塔位，他大概這樣想開了。」

「早知道兩個塔位可以打發，我就做了，那兩個塔位算我的好了。」他說笑。

「好啊，不過是三個。」母親邊洗碗邊認真說。

「三個？」哲浩幫忙接過手用毛巾擦拭。

「加你姑婆的。」

「嗯。」

晚上，他和傑森飯後散步，他們站在愛河五福橋上望去，依序是中正橋、七賢橋，每座橋被燈光點綴得炫目迷人，水面映照燈光，幾隻夜鷺自橋下飛起，晚風襲來，傑森說著：「都不知道高雄變那麼多。」

「我爸都能變那麼多了。」

「那你有沒有變？」

「你看看你的肚子，你都變了那麼多了，我會沒有變嗎？」

「你只有嘴巴壞這一點還是沒變。」

兩人伴著話伴著風景一路慢慢走，幾乎把鹽埕給走了大半才返家，客廳燈已暗，但佛堂微亮著燈，似乎姑婆在這家守候著，或許姑婆暗地裡也幫了不少忙也說不定，於是哲浩朝牌位雙手合十拜了拜才和傑森進房。

兩人在房裡聊著，直到累了才睡去。醒來後哲浩擔心颱風影響遊行活動，看外頭天晴才放鬆，兩人穿得像路人一般出門。從文化中心集合順著五福路走至中央公園，短短的一段路卻是哲浩從來沒有想過的。他和傑森和一群人坐在中央公園內看表演聽演講，六色彩虹飄揚著，紫是藝術、藍是自由、綠是自然、黃是希望、橘是力量、紅是性愛。他看傑森，想著他是什麼顏色？自己又是什麼？

「六種顏色你選哪個？」哲浩問著。

「我選你。」

好像回到過去單純無慮的學生生涯，那時他們什麼都還不懂，是白；如今什麼都懂了，是六色彩虹也是所有顏料混在一起後成為的黑。

舞台表演換來底下熱烈掌聲後，主持人以感性口吻介紹Y少年的母親出場，她歷經孩子遭受校園霸凌且不知原因死亡的折磨，如今瘦弱卻堅強，她開口：「孩子們！你們要勇敢！天地創造你們這樣子的一個人，一定有這樣的使命，讓你們去爭取人權，做自己，不要怕！」

最後的掌聲伴隨著底下的啜泣聲，遲遲沒有停止，而在市長致詞時，主持人從後方拉出大大的布條寫著：「讓高雄成為一個同志願意回家的城市」。

哲浩覺得似乎是自己多年來離鄉的寫照，他也知道不會只發生在高雄，一定也發生在很多人很多城市很多國家，讓許多人都有家歸不得或不想歸。台上台下還熱鬧，他感覺身旁的手緊緊握住他的手，傑森說：「我喜歡這裡，不是單指哪裡，而是有你在的地方。這是真的，這麼多年，我心裡一直有你。」

「我有自己的生活了。」這麼多年了，他還是學不會說真心話。

「我知道，所以我也不知道該不該說，不過總算說出口了，也算鬆一口氣。」

「你當初去美國讀書，說走就走，過了這麼多年才說這些。」哲浩放開了兩人的手，「你說出口鬆口氣，那我呢？就要承擔這些情緒？」

「對不起，我沒想過說這些會傷害你。」

「騙你的，其實沒有傷害我，我很高興聽你這麼說。只是我們還能一起生活嗎？」

「總該試試。」

「我沒有信心。」哲浩誠實說著。

「我有，相信我。」

哲浩想著，兩人從此不會是無父之人，他和父親和解，而他會要父親盡盡那些年沒盡到的責任，把之前虧欠他的一次給兩人，一份給他一份給無父的傑森；而他和傑森也會盡力給父親兩份遲來的愛。

再一下下，家就到了。

無聲電影

Y少年的母親常哭著醒來，夢中孩子嘴裡有話，每當她急著想聽，畫面就快速被倒轉、或是快轉、或是被其他影像切入，她像被迫觀看無聲錄影帶一樣，一次又一次。她不知道這世界到底怎麼了，傷害別人成了那麼容易的事，就像捻斃桌上螞蟻一樣地輕而易舉。那些孩子現在過得如何？吃得下？睡得安穩？有一絲絲的愧疚感？還是尋找下一個目標？那些沒有答案的問題彷彿從四面八方襲來的石塊，常常讓她痛。痛，但日子還是要過，失去一個孩子，還有一個家庭要照顧，丈夫因為孩子的死壓力太大而產生官能異常，耳朵聽不見世界的聲音，幸好夫妻倆幾十年的默契，讓她能把丈夫照顧得服服貼貼，但誰能照顧她？她也想讓自己的眼睛看不見，那些不公不義的事就不會讓她發現；讓自己聞不到，孩子房間特殊的氣味就不會再讓她傷感；讓自己無法說話，媒體就不會逼自己一再面對孩子不在的事實。夢裡，她和丈夫一樣似乎都染上身心轉化症，她看無聲畫面立體投影在她四周，孩子曾經轉述過的片段被編織成影像，孩子懦弱地躲著那些像巨人般的孩子，他們輕易地用手指頭把孩子像蟲子一樣揪起，輕輕一放，孩子癱在地上，扭曲幾下就不再動了。

天亮，一天的開始，她叫醒尚在床上賴著不起床的小兒子，Y的床鋪棉被摺疊得整整齊齊，她想到那個孩子總是不用別人操心，起床第一件事，便是主動細心地將棉被摺好。反觀小兒子常把被子弄亂，每當她要小兒子向哥哥看齊，小兒子總說：「每天都要睡覺的，不是嗎？現在弄整齊了，晚上還是會弄亂。」

她找不出反駁的話，如今她倒希望Y的床鋪是凌亂的，這樣她便會誤以為到了黃昏時刻，Y就會踏著輕快的腳步返家晚飯。Y總是遠遠看見她就大喊著：「媽媽！媽媽！我回來了。」那些日常的一刻啊，如今都成了最傷人的場景。有時在稻埕工作到黃昏，別人家的孩子都陸續回來了，小兒子也返家了，她還是覺得不踏實，心裡總懸著什麼，想想，才意識到原來她還在等Y回家喊她一聲：「媽媽！媽媽！我回來了。」那些鳥雀嘰嘰喳喳從遠方飛到樹梢歸巢，Y卻遠去了。

一天這樣無聲無息地過，隔天又這樣來。

早晨和丈夫一起早餐，丈夫依舊沉默，從她認識少年時代的他以來，丈夫就是個不多話的老實人，丈夫把所有的氣力都拿去維持一家所需，按四時而作，農作上盡心盡力，其他的從不多管，她說什麼，丈夫就默默跟著做。她猶記得以前背著Y下田工作，因為不放心把孩子丟在一旁，村落裡的流浪狗多，怕一不注意，孩子就被叼走。背在身上聽孩子哭、聽孩子舒緩的呼吸聲、聽孩子打呼她才放心，有時她對孩子說說話，感覺孩子把小臉貼在她的背上專注聽著。聽著聽著，孩子溜下她的背，在同塊土地上習步然後奔跑，聽著聽著，孩子開始有問不完的問題，「媽媽，花花？花花？」「天為什麼是藍的？」「蝙蝠為什麼總是吊掛著？」「這些稻田什麼時後才能收割？」「我什麼時後才會長大？」「為什麼學校的同學總是笑我欺負我？」

有些問題她能解有些她也無解，好比孩子為什麼查甫身查某體？為什麼其他男孩忙著玩官兵抓強盜，孩子卻喜歡和其他女孩玩家家酒？為什麼那些欺負人的孩子不找點正經事做，偏偏處處找她孩子的麻煩？無解的讓它繼續無解，她認命地想，既然遇到了就這樣吧，但面對孩子在學校被欺負，她又該怎麼做？她試著告訴孩子要從自己改起，她懂的不多，但做人處事的道理到哪裡應該都是一樣的，好比孩子和鄰家孩子吵鬧，不先問是非，她一定先罵自己的孩子，回家後再好好安撫。孩子把她的話都聽進去，越是正襟危坐，那些調皮的孩子就像戲弄老鼠的貓一樣，一人一言一句一手一腳地又把他弄哭。「為什麼學校的同學總是笑我欺負我？」孩子又這麼問，這一次她決定不消極面對，她知道丈夫提供不了什麼意見，便獨自一人到國小去找老師，老師回答：「學生只是調皮沒有惡意，我們也盡量避免這種事情發生，不過問題還是……妳知道的，這樣的孩子很容易受到注目，媽媽這邊要不要考慮一下，也帶他去兒童心智科看看。我們不是指這孩子有問題，而是說他的精神狀況也需要醫生來幫忙，當然我們學校方面一定會勸導其他孩子，避免再發生類似欺負的問題。」

回到家她安撫著孩子：「老師說那些同學只是跟你鬧著玩。」

「我不喜歡。」

「那就離他們遠遠的。」

「不管我離多遠，他們都會來找我麻煩。」孩子哀求著：「媽媽，我能不能不要去學校讀書了。」

「你這孩子，說這什麼話，你去學校就是要學習獨立，如果你自己遇到這種事情不會解決，那將來誰來幫你解決？媽媽可以幫你去學校跟老師說一次兩次三次，但媽媽還有工作，總不能跟著你一起上下學保護你吧！」

她知道這答案無解，她也沒有解決的辦法，只好把問題丟回給孩子。

「嗯。」孩子順從地點頭。

晚間，她和丈夫提起了老師的建議，丈夫永遠沒有多餘的話，只說：「妳看怎樣，妳好就好。」

她打聽了醫生就診的時間，週三替孩子請了假，和孩子坐上客運車前往異地大醫院。醫生和她晤談了許久，她覺得孩子沒有什麼問題，雖然習性女孩子氣了點，但說不定長大點就會改變模樣，只是一些鄰人和老師都不斷催眠著她這孩子有問題。她把困惑告訴醫生，醫生冷靜應答，禮貌地說：「這孩子的心理狀態是沒有問題的，他很清楚自己的狀況，反而是家長之間猶疑不定的情緒會影響到孩子的心情。如果可以的話，下次就診時，可以請你先生一起過來嗎？這樣的孩子需要家庭很強烈的支持，才有辦法讓孩子很堅強，家長是孩子的後盾，所以讓妳和妳先生還有小孩一起進行家族治療，不僅可以讓你們更了解這孩子，也會知道如何幫助他，還有該如何面對外界的眼光等問題。」

預約了下一次的就診時間，她牽著孩子的手，醫院外頭有間電影院，暑夏豔陽把人逼退到陰影處，電影明星露著齒笑，似乎說著「歡迎光臨」。她替孩子還有自己買了張票進到戲院，平常日的戲院裡空蕩蕩，所有人錯開得遠遠就座，孩子專心吃著手中的零食等戲開始。電影描述一個想成為明星的男子不斷穿梭在舞台上和舞台下，下了舞台裝腔作勢地想幫人討債，結果卻落荒而逃。前面的片段孩子還笑著，那一幕古惑仔追著主角跑的畫面，孩子卻緊抓住她的手不肯放，電影結局主角假戲真作、真戲假作，真假之間替警方破獲一案，不管台上台下都成了真正的喜劇之王。

電影散場，在客運車上，孩子又問：「媽媽，明天像今天一樣請假來看醫生，我不要上學好不好？」

「傻孩子，哪有人每天看醫生。」

「如果我感冒住院呢？」

「那只要去打個針吃個藥就會好了。」

「如果我車禍骨折呢？」

「那包紮一下打個石膏，看是坐輪椅還是拄拐杖就可以去學校了。」

「如果……」

「好了，不要想東想西，說這些五四三的了。」

時間被調快，孩子上了國中，她和孩子心裡共同想著，或許新的開始會有新的契機，一切都會好轉，連醫生也是這麼認為。孩子有了新的書包、新的制服、新的鞋子、新的皮帶，一切如新，但同學卻如昔。噩夢再襲，像一代又一代的續集電影，那些殺人魔變本加厲，手法推陳出新，過去的老派戲碼被淘汰，跟上時代腳步抓緊觀眾口味。以前只是言語的攻訐，現在變成更多的肢體接觸，孩子越是向她哭訴，她越感覺做一個母親的無能。她再次拜訪學校請老師幫忙，所有她想得到的幾乎都做了，只差沒有跪在其他孩子面前請他們停手。她的孩子和他們沒有不同，會說會笑偶爾惹她生氣但更會逗她開心，她寧可那些言語、那些拳頭是落在自己身上，而不是在孩子單薄的身子上。她對孩子說：「媽媽能幫你的就那麼多了，你自己要堅強一些，離他們遠一點。」

孩子乖順地點頭。

她意識到好像一模一樣的話語情境才剛發生過，就像電視裡一再重播的電影劇情，這個噩夢究竟什麼時候才會從她和孩子的身邊消失？

那天後，孩子鮮少再說同學如何無理打他，如何在上廁所時一群人強行脫他褲子，如何說他像女生很噁心，如何威脅他幫忙寫作業……她以為孩子在學校狀況正在好轉，因為孩子總是隨時在練唱，對著牆、對著浴室、對著花、對著草、對著天空，還有那抹夕陽唱著曲調。

「每個人心裡一畝一畝田，每個人心裡一個一個夢，一顆啊一顆種子，是我心裡的一畝田。」

「在唱什麼？」

「學校合唱團的曲目。」

當時她不知道孩子唱著什麼歌，但她知道孩子像鳥雀嘰嘰喳喳唱個不停，不肯停下來好好吃頓飯，全是為了能快樂唱歌，吃飯時丈夫總算開口說話：「不好好吃飯，你是要把白飯當子彈噴啊，等會噴得你弟滿臉都是白飯。」

孩子才笑著用手摀住嘴。

那時孩子多麼開心，誰會認為他是不快樂的？

孩子走了以後，她看到壓在書桌上的這張曲目歌詞，收音機裡有孩子自己錄製的聲音，一遍又一遍唱著。每當她想孩子，還是忍不住按下播放鍵，歌曲裡有著孩子的夢，孩子曾經拿音樂種桃種李種春風，種一段屬於自己的未來，但梨花開盡，春天已到，她想問問孩子你怎麼還不回來？如果這只是自己的夢，一個關於失去孩子的夢，為什麼還不醒來？就算現實是真正的無聲黑白世界，那也無妨，至少兒子還在，她可以把過去扭轉，勇敢地站出來阻止一切，而不是在孩子寫紙條告訴她有人要揍他時，冷靜地說：「男子漢大丈夫，你又沒做錯事，不要怕。」但那個無聲世界也很可怕，所有欺負人的惡童都變得巨大，她只能看著孩子一次又一次被欺侮。

她還是固定去找醫生就診，但再也沒有人和她依偎在客運車上。以前，孩子總是安靜地陷在椅子裡，說著不知從哪聽來的笑話，或是專心打著毛線和做些小玩偶，有時貼心地要幫她捶背，或問她口渴不渴……這樣的孩子不是應該處處惹人疼愛嗎？這些問題困在她的腦子裡出不去，睡覺時圍繞在她四周嗡嗡嗡，醫生開了安眠藥給她，一天一顆。一天一顆，嗡嗡嗡，明天還有工作呢！她想到自己在鄉間開的理髮店，孩子常常下課就跑來幫忙，逢人就問好，不然就主動幫忙客人洗頭和按摩。孩子不在，鄰人怕她寂寞似的，大家不知是不是說好了一起跑來，把小小理髮店塞得滿滿的，一言一句把悲傷給沖淡，但怎麼還沒睡意；一天兩顆，嗡嗡嗡，小兒子說下週學校要運動會，她不知道該不該去，怕到了學校自己會心碎得站不穩，孩子的靈魂會不會還在廁所裡嚶嚶哭泣著？一想到就更揪心更睡不著；一天三顆、一天四顆、一天……丈夫不多話，卻默默藏起了她的安眠藥。

「你有沒有看到我的安眠藥？」她問。

「我都丟了，你這樣亂吃不行。」丈夫的身體逐漸好轉，大概已經接受孩子不在的事實，壓力減輕後，聽力也恢復了。

「給我吃，不然我睡不著。」反倒自己一直想把夢境扭轉成現實，只有不斷入睡，才能再跟孩子認真賠罪。

「睡不著沒有關係的，等累了，身體自然就會休息。」

「明天還要幫客人理髮，這樣不行。」

「歇業一陣子好了，把身體養好比較重要。」

「不可以，還給我，我心很痛，你知不知道？我很恨，恨那些人，我也恨我自己，恨自己怎麼那麼輕忽，這孩子……」

「我們和這孩子的緣分就是這樣薄，不要再怨嘆了，日子還是要過。」

「我無願啦！我袂甘啦！我想把孩子生回來，下一次讓他投胎做女孩子，你說好不好？」

丈夫緊緊抱著她，她聽著漆黑房間裡丈夫隱隱約約的哽咽聲：「妳看怎樣？妳好就好。」

但對於恨，哪有那麼容易釋懷？

她依舊去醫院，每次去拿藥就診，她就想起那些年和孩子一同來醫院的週三時光。孩子每週偷了一天假，進行家族治療後，三人常在外頭小吃鋪圍著一張桌子用餐，這孩子對吃特別敏感，也喜歡自己實驗料理，好幾次理髮店在忙就全靠孩子來幫忙。他從國小幫到國中，廚藝也日趨進步，假日孩子陪她上市場一同想菜色，回到家幫忙處理那些食材。孩子個性雖然陰柔，但貼心又樂於幫忙家務，比較起來，小兒子一天到晚往外鑽，天暗才又匆匆返家，吃過飯洗過澡又沉迷在遊戲機前，不洗碗不倒垃圾不打理家務，連要他跑個腿，都一副死去活來的賴皮模樣。想到這些，她對那些人的恨意就越重，醫生說：「妳可以恨那些人，但恨並不會改變什麼，妳也可以換個角度，把恨人的力量拿來幫助和妳兒子一樣遭遇的人，把對妳兒子無法照顧到的盡量地宣導出去，讓其他人不要排斥像這樣的孩子。與其把力氣拿去恨那些不懂事的孩子，不如拿去做更有意義的事。」

走出醫院，她一人到戲院裡選了最角落的位置坐下，她一點也不在意銀幕上演著什麼故事，在這裡她可以放心地哭泣。那些其他的孩子現在過得如何？吃得下？睡得安穩？有一絲絲的愧疚感？還是尋找下一個目標？她不想再追索那些問題的答案，她知道社會裡還有一些和她孩子狀況類似的學子，正面臨相同的問題，她決定要把那些無聲的黑白畫面拿出來，讓世人正視。不說話的不代表不害怕，不表達的不代表沒問題，或許救不了自己的孩子是最大的遺憾，但救其他的孩子是她最大的願念。黑暗中，似乎孩子就坐在身旁，抓著她的手輕輕撫慰著：「媽媽！媽媽！別哭了！」

如果可以，她希望這是最後一次因後悔自己的無能而掉眼淚。

時間不會因為少了一個孩子而停止，她被時間推著走，眼睛花了，做事也沒以前俐落，只要有任何關於人權、霸凌、性別等議題的相關邀請，她都盡可能空出時間，以一個母親的立場來為孩子發聲。

十多年了，南部的豔陽依舊，剛剛的一場及時雨彷彿不存在，烏雲被舞台下其他熱情的孩子給驅離，底下揮舞著彩虹旗，這是高雄首度的同志遊行。她知道自己只是個鄉下人，懂得不比其他人多，但只要一個母親願意站出來，就會有更多母親可以站出來，隨著掌聲她取過麥克風說：「我很高興見到你們，在高雄見到你們，可見高雄有在進步，沒有被傳統觀念綁得死死的，只是有一點太慢了。我在高雄這邊，在南部這邊，已經等了你們十幾年，你們早就應該走上街的，因為你們沒有錯！你們沒有錯！有太多的父母為了這種事情感到丟臉，等到有孩子不見的時候，再來悔恨就來不及了。像我這種就是無知，真的無知！因為在你們的內在，有某種東西，不是自己可以控制的，我的孩子如果不是因為我的無知，他不會死，要不是認識性別協會，我也還是一樣。不要說我一個種田的人，站在這裡講話，在賺別人的眼淚。孩子們！你們要勇敢！天地創造你們這樣子的一個人，一定有這樣的使命，讓你們去爭取人權，做自己，不要怕！我是一個鄉下人，又沒學問又沒什麼，但是我曾經誇過海口，我救不了我的小孩，我要救跟他一樣的小孩……」

孩子，這一次媽媽很勇敢，媽媽沒哭，你看見了嗎？

末日之前

二〇一〇

對這些人來說末日大概就是這樣了吧，居住一輩子的土地就這樣被莫名地徵收掉，就算他們掄起拳頭還是只能對著空氣怒吼，土地上的建物成了廢土，農作物更加被輕易地對付。接近末日的莫過於絕望，而這就是了。怪手走過的地方，茂盛的作物被輕易壓伏，再也撐不起身，農田被一鏟一鏟運走，當初說要苦民所苦的人在哪？一些農人失控地喊，一些農民跪著求，一些農婦無奈地焚香祭田祭天。起義當天凌晨從網路上得知大埔農地遭強力徵收的訊息，但扭開新聞頻道卻無聲無息。

畫面隔了兩天才從電視傳來，他不知道事情發生得那麼快，黨部還在想要怎麼運作，才能用最小的阻力來化成選舉的能量，卻在六月九號凌晨三點多，警方指揮巨獸入侵破壞。像是哪個孩子的惡戲塗鴉，綠稻田被歪曲扭八地畫出許多褐色的圖樣，新聞畫面裡的婦人邊哭邊控訴，起義想到自己母親也是靠著農作養活一家，心裡不免責怪黨部運作太慢。

對許多人來說，安身立命才是重點，自己的故鄉自己的土地，生於此埋於此，他們不用懂得太多社會的遊戲規則，順天而做、安家立業即可，但人為大手從天而降，誰又能抵擋。財團加上縣政府以擴大招商為由來劃地招收，一些人照著對方的遊戲規則走，一些人還在嘗試怎麼破解這遊戲難題，但終歸失敗而被困關，住家農田統統成了紙上的一塊未來繁榮想像圖。起義當然了解，不管哪個朝代哪個黨派，可能最後都會有人犧牲他人，來成就自己口中理想國。沒關係的，沒關係的，沒關係的，反正跟自己沒關係的事都是沒關係的，起義不是不懂，而是血液常沸騰，每逢不公不義便會挺身而出，有時衝過頭，也常成為黨部裡的頭痛人物。

收購土地很簡單，用線圖畫一畫，圈起來的派人去遊說，遊說成的趕緊簽約，遊說不成的言語恫嚇，兩面手法一黑一白，便把人弄得灰頭土臉，一坪土地補助多少錢，用多少坪農地去換多少建地，不接受補助的話就會強制徵收，到時候條件就更不好了……這些農民沒有法律基礎，當問題來臨時，就像遇到水患的蟻群般驚慌逃竄。但能逃去哪？家還是他們的依歸，當初用多年辛勞積蓄蓋起來供三代同堂的屋子被賤估，每月提供的八千房租能讓一家二十多口住到哪？這些問題，上層的人都看不到，他們只想趕緊剷平障礙物，建立理想國。理想國裡有高科技的廠房，舒適的作業環境，電腦化的經營，什麼電力供給夠不夠，什麼水源充不充足，都不是現在需要擔心的，反正先衝出一個理想國的樣貌，做做表面政績才是最重要的。況且農業能為地方帶來多少效益？只有金錢才是真的。

畫面裡的婦女哭喊著，起義彷彿看到母親，如果是自己一家遇到這事，又該如何來面對？就算自己有黨部勢力，哥哥平和有律師背景，也都可能被迫妥協，更何況是那些人。多年的陳情怒火最後在「公益」的大帽子下被澆熄，遊戲規則是那些人所訂，球員兼裁判的結果就是如此下場。所謂的「公益」，不過符合那些人的公益而非他們的。農民就像桌面上的髒灰塵，輕而易舉被揩掉，桌子就能空出來，擺上看起來可口的蛋糕了。

起義打了電話給老東家報社的同事豪哥問：「怎麼這事件隔了一天才報導出來？不是六月九號就……」

「義仔，現在的新聞環境和以前不一樣了，真想跑也不見得上面的人要你跑，更何況你平心而論，如果按照你的眼光來看，這新聞需要追嗎？這種開發案還有好幾條都石沉大海了，真要我們一條一條去追是要得罪多少人？不要鬧了。今天這條說難聽一點，是因為網路連結傳出來，引起普遍民眾的同情心，不然早就跟其他農地一樣了。」

「那些建商和縣政府都是硬來嗎？」

「就算我真的追出什麼內幕也一樣，上面的人不會用的，總不會叫我吃自己做公民記者吧。人家怎麼說我就怎麼做，你看著好了，這新聞也追不長的，除非有人穿紅衣在農田自殺，還要寫上詛咒縣長和建商祖宗十八代，然後工程因靈異事件延宕，才有可能被報導，這才有話題性。」

「豪哥，怎麼連你也變了？」

「義仔，那是你走得快，不然也是遲早的。」

「至少看在老朋友的分上，多少逼出點內幕緩衝一下，讓農民有時間可以應變處理或做籌碼。」

「從一百多戶到只剩三十戶，百分之九十多的居民都同意，這個已經覆水難收了，根本勢在必行，他們只是在打空氣，你懂嗎？你自己記者也做過那麼多年，什麼生態沒看過？不用我多說了。」

「真的都沒辦法嗎？」

「問天吧，問我不準的。」

掛上電話，起義想到曾在某胡言亂語節目中，看到馬雅預言二〇一二年十二月二十一日是人類文明結束的日子，但很多人的末日卻因為農地被徵收而提早來到。真正的世界末日或許永遠不會來，但歷史會像複印，只要以「公益」之名，今天是這些人的土地，明天換成那些人的土地，許多大小理想國，還等著被完成。

二〇一一

趕在二〇一二年馬雅預言的世界末日之前，末日似乎真正降臨。

人們不放過自己，不斷以末日說讓自己活在恐懼裡，這戲碼從千禧年恐怖大王即將於七月降臨，等到今日亦不見滅亡。但讓人恐懼的不是死亡，畢竟死亡只是一瞬間的事。平和想到，在千禧年報紙中看到一篇名為〈公元一萬年〉的小說，誰寫的他記不清，但隱約記得故事中隨著時間往後推演，人口中智能障礙的比例越來越高，到了西元五千年後，大家簡化了語言文字，因為要讓文字傳承下去；到了西元一萬年，最後一個認識字的人宛如遺存的夢幻生物般過世之後，這世界的人平均智商均在四十以下，再也沒有半個人識字，彷彿又回到一萬年前的圖畫時代，地球生物一切安和寧靜；但又過一萬年之後，世界各地又出現智商超過四十的人類。

平和有個新家。家還是鼓山的老厝，但換了家人就有新家的感覺。老厝牆上擺了母親年輕時候的照片，和出殯時擺的照片同一張，那是依照母親的要求。平和也知道那些來弔唁的人或許覺得莫名其妙，怎麼會擺那麼不倫不類的照片，起義也沒有意見，兄弟倆就這麼做了。母親沒機會見證末日是否真會在二〇一二趕來，就走了。女書記官在平和母親過世那段時間也來幫忙，兩人情感穩定，不過就是求個老來伴。女書記官一兒一女都同意母親再嫁，兒子遠在仙台做交換學生，女兒留學荷蘭從事美術館的研究。平和這邊剩下弟弟起義，起義一聽哥哥老來才開竅，急忙開桌先宴請未來的大嫂，哲浩還在台北教書，兄弟妯娌四人又成熱鬧一家，平和與起義心裡想著，好久沒這樣一家人熱鬧開飯過。那天起義替大哥開心，酒一喝多，就開始胡言亂語：「我這個大哥啊，一生為了這個家這個社會，不知道付出多少時間精力，從來沒有為了自己。大哥，我很慚愧，我先敬你一杯。」

起義和平和乾了一杯又說：「我大哥這一生只有一個女人，大嫂你知道是誰嗎？」

平和打斷說：「起義你喝醉了，不要在那邊說些五四三的。」

「那個女人就是我媽，我大哥守了她一輩子。我從小就逃家到我姑姑家，我爸跟一個植物人沒什麼兩樣，從小家裡就靠我哥一個人撐起來，尤其我入獄那幾年，他還要負擔我這個家庭，一個人幫忙養兩個家，你說偉不偉大？大哥來，我再敬你一杯。」

平和飲盡後勸著：「開心就好了，不要喝得那麼醉。」

「我哪有醉，我看見大哥你幸福我就很開心，我大哥怕耽誤到別人，根本不敢和其他女孩子約會交往。不過妳看，我就說好人有好報，人在做天在看，妳說是不是，娶一個老婆連孩子都準備好了，以後直接有人孝順他，說不定兒子女兒很快就結婚生小孩，他就當阿公了，不像我……」起義妻子急忙出來打圓場說著：「你不要喝醉就像小孩一樣，稍微顧一下你大哥的面子，講話顛三倒四。大哥不好意思，美雲姊，讓妳笑話了。」

女書記官笑著搖頭，平和接著說：「起義、月娥，叨擾你們了，謝謝呢。為了我們明天要去登記結婚，還特地準備得那麼豐富。」

「大哥，你說什麼，這是應該的。」起義緊緊抱著平和。

「好啦，你醉了早點睡，月娥也忙了一整天了，早點休息。」

「真的不要我幫忙嗎？」美雲站起身來說。

「美雲姊，以後互相幫忙的機會多得是，你們趕快回去休息，明天下午還要去登記，大哥就麻煩你了。」

離開起義家，平和挽著美雲的手，走了一小段路，夜風徐徐吹來，兩人像從年輕一起共度到白髮。平和想著，如果二〇一二真是世界末日，那麼他們還有一年可以好好珍惜。兩人可以守著和他一樣逐漸老去的家直到最後。兩人低調地去登記結婚，只和一些熟稔的朋友單獨吃飯聚餐當成慶祝，沒有大張旗鼓地宣揚。兩人覺得都這年紀了，結婚不結婚好像沒那麼重要，能好好活著、好好吃飯、好好睡覺就是最好的事了。

末日提前來襲，不是發生在台灣而是遠處日本，新聞強烈播送因為地震引發海嘯，所有新聞媒體人都用驚悚的語氣，彷彿親身經歷災難。但災難在遠方，平和和美雲看著海嘯畫面如重播般沖襲上岸，一如巨獸大口吞噬所有土地。平和想到宮崎駿的電影《崖上的波妞》畫面中，那些巨浪狂吞掉土地，步步逼近人類領地的過程。空拍畫面傳來一個城市被摧毀的瞬間，他想起自身城市也多次遭臨惡水沖襲，一次又一次彷若脫不掉的噩夢舊衣。

「阿坡在日本還好吧？」那是美雲的孩子，如今也是他的孩子。

「電話聯絡上是沒有問題，但是他說日本那邊的新聞報導，距離仙台一百多公里的福島核電廠受到海嘯影響，不知道目前狀況怎麼樣。」

「他有沒有辦法先回來台灣？」

「他說仙台機場已經淹水，新幹線也受到地震影響，整個東北的交通都幾乎停滯，他和同學已經開車上路，準備到東京再坐飛機回台。」

「仙台那邊現在狀況嚴不嚴重？」

「目前停電，天氣又濕冷，打包一下行李，可能晚上就出發……」他們新婚的喜悅只有那麼幾天，馬上被捲入另一個事件之中。平和不免想著，自己是不是不配擁有幸福？或者擁有給他人帶來不幸的體質。

「……我看我去聯絡一下外交部的人……還是仙台……我記得那邊有一個在日本執業的律師叫陳什麼的……請他幫忙好了……」

「你別慌了，孩子目前平安，也想好撤退路線，現在就只能靜靜的等了。」

「咳，怎麼會這樣！」平和才和美雲討論要去日本東北旅遊，順便和美雲的兒子阿坡聚一聚，才計畫到一半，就發生大事件。平和想著，或許末日真將近，人們太依賴科學、太信任自己無所不能，卻經不起巨人之腳輕輕一震，水吞覆地，敲醒了包覆在安全鐵殼內的核能種子。種子發芽抽根，從殼膜內竄逃出，成了一株通天怪樹，四散核能種子，種子一觸焚身，人們只好四處逃竄。

接下來幾天的新聞也像種子擴散般撒得人們一身，阿坡每天照三餐傳來撤退的所在，才退到東京，整個核能危機引發極大的恐慌，機場到處是逃難潮。後來傳出阿坡同學的學長的朋友是某高官的子弟，透過關係，要求政府派專機去接仙台逃難出來的學生，直到阿坡上機前，他和美雲還是惴惴不安。尤其平和，他總是想得多，怕路上又有什麼意外延誤。

末日來臨前，一家團聚就是他小小的想望。

二〇一二

平和決定將父親的影印手稿公開，為了這事，和起義爭執了好一陣子，起義覺得還可以再等等，平和問：「媽已經不在了，你這一輩子口口聲聲都是為了公理正義，難道你害怕阿爸的自白讓你失去政治上的位置嗎？」

起義啞口無言，大哥平和把他的擔憂都說出了。

「這……」，他還在掙扎。

「對於美牛瘦肉精，對於核四等議題，你都認為政府隱瞞民眾知的權利，試圖混淆人民的價值觀，所以你一再地去抗爭，試著去揭穿，但為什麼當歷史的解釋權在你手上時，你就變了樣，你害怕什麼？」

「我……我覺得現在還不是時候，或許再過幾年。」

「等瘦肉精合法進口，等核四蓋好，等天下太平？阿爸的文章詳細記載了當時的狀況，或許這污名會跟著我們，但很多人還等待歷史真相的還原。」

「事情都過去那麼久了……坊間的那些資料或許就是真相的全部了。哥，你相信這是真的嗎？爸已經瘋了那麼多年，他寫出來的東西可靠嗎？說不定這只是他的瘋言瘋語，或是一時興起的小說創作，你把這個資料公諸於世，說得好像真的，這根本都沒有被求證過，不是嗎？」

「我沒有想到你會說這些話，我對你太失望了。」稿子自交給起義看過之後，起義刻意地不拿出來，平和克服恐懼，要起義也能面對。但平和知道起義的包袱太大，不會介意再多背個包袱，只要生活能夠一如往昔。平和問自己：把資料拿出來真的是自己要的嗎？他想，或許他只是在起義面前做做樣子，因為他了解弟弟的個性，弟弟不會輕易妥協，讓家族蒙上歷史的罪名，那麼自己就可以藉著和弟弟的爭吵，來消弭內心的罪惡感。

另一方面，起義決定要做個守密人，像他的父親絕口不提，像他的母親裝作這件事不存在，日子一樣繼續過，真相掩蓋在時間土塵之下，或許會被深埋，或許會被掘出，但那將會是很久以後的事了。

起義從來沒有和母親父親那麼親近過，藉著守護這個祕密，他真正重返這個家了。

本書獲 2010 高雄文學創作獎助計畫

國家圖書館出版品預行編目（CIP）資料

下一個天亮 / 徐嘉澤 作. -- 初版. -- 臺北市 : 大塊文化, 2012.09

面；　公分. --（to ; 77）

ISBN 978-986-213-353-8（平裝）

857.7　　　　101014015

大塊文化 on line：www.locuspublishing.com
大塊文化 PLURK：www.plurk.com/LOCUSpublishing
大塊文化 facebook：www.facebook.com/locuspublish

LOCUS

LOCUS

LOCUS

LOCUS